AUDREY CARLAN

CALENDAR GIRL

Février

Édition originale publiée par Audrey Carlan

Ouvrage dirigé par Bénita Rolland
Traduit par Robyn Stella Bligh
Photo de couverture © GettyImages
Couverture : Raphaëlle Faguer

Pour la présente édition

34/36 rue la Pérouse
75116 Paris
www.hugoetcie.fr

ISBN : 9782755629132
Dépôt légal : février 2017
Imprimé en France
Par Corlet Imprimeur S.A.
N° d'imprimeur : 185420

NEW ROMANCE®

AUDREY CARLAN

CALENDAR GIRL

Février

Roman

Traduit de l'américain
par Robyn Stella Bligh

Hugo Roman

CHAPITRE PREMIER

La grille rouillée de l'ascenseur résonne d'un bruit métallique lorsque le chauffeur la ferme. Il ne m'a pas adressé la parole depuis qu'il m'a demandé si j'étais Mia, lorsque je suis arrivée à l'aéroport de Seattle. Il tenait une pancarte avec mon nom dessus. Tante Millie m'avait dit de m'attendre à ce qu'un bûcheron me conduise à mon prochain client, et elle ne s'est pas trompée, car ce type est énorme. Il ne mesure que quelques centimètres de plus que moi, mais il compense sa petite taille par sa largeur. Il me fait penser à un de ces bodybuilders qu'on voit tirer des camions à la télé.

L'ascenseur monte au dixième étage et s'arrête dans un crissement de métal rouillé, me projetant contre le torse de l'ogre qui m'accompagne. Il ne semble pourtant pas le remarquer. Il se contente de grogner, puis il me guide dans un loft au sol en béton et dont le plafond, dix mètres plus haut, est recouvert de tuyaux. Il y a des gens partout, la moitié sont nus.

Mon Dieu, dans quoi me suis-je embarquée ?

Des cliquetis d'appareils photo retentissent partout tandis que des chariots pleins de projecteurs sont poussés d'un côté à l'autre de la pièce par des hommes en noir. Le bûcheron pose mon bagage au pied d'un mur et pointe du doigt un homme accroupi, visage collé à un appareil photo.

– Monsieur Dubois, grommelle-t-il avant de tourner les talons et de remonter dans l'ascenseur.

Je ne sais pas quoi faire. Est-ce que je dois m'asseoir quelque part et attendre que quelqu'un vienne à moi – en priant pour que ce ne soit pas un des hommes à poil – ou est-ce que je dois aller déranger l'artiste ?

Plutôt que d'attendre, je décide de faire un tour de la pièce. Sur le mur de droite, de vieilles fenêtres rétro, qui s'ouvrent à l'aide d'une manivelle, éclairent le loft. Des femmes nues ou seins à l'air passent devant moi et me reluquent avant de prendre place devant de grandes toiles blanches. Elles prennent une pose, que les assistants en noir corrigent – en bougeant leur coude ou leur index d'à peine trois millimètres sur la gauche ou sur la droite – avant de prendre la photo. Puis ils recommencent – l'index bouge de deux millimètres dans l'autre sens – et ils prennent un autre cliché. C'est bizarre.

Dans un autre coin de la pièce, un couple nu est allongé sur une gigantesque toile blanche. Un assistant grimpe en haut d'une échelle menant à une plate-forme située au-dessus du couple, sur lequel il verse méthodiquement le contenu d'un seau de peinture bleue.

– Ne bougez pas ! hurle-t-il. Sinon il faudra que je recommence, et Monsieur Dubois ne sera pas content !

Le couple ne bouge pas d'un iota. La femme tient le visage de l'homme comme si elle s'apprêtait à l'embrasser. Le modèle la serre contre lui, une main sur sa fesse, ramenant sa jambe sur sa hanche, l'autre main sur sa nuque, tandis que des gouttes de peinture bleue dégoulinent sur leur corps et tachent la toile.

– J'ai dit, ne bougez pas ! crie de nouveau l'assistant.

Je suis tellement fascinée par cette scène étrange que je ne sens la personne arriver derrière moi que lorsqu'elle balaye mes cheveux sur le côté.

– Parfaite, chuchote-t-on dans mon oreille avant d'embrasser la courbe de mon cou.

Prise de panique, je recule sans regarder où je vais, essayant de m'éloigner de l'étranger qui me tripote, mais je rencontre un obstacle et trébuche sur un coin de la toile. J'atterris dans le pilier de la plate-forme sur laquelle se tient l'assistant, et le reste est un chaos total. Le seau de peinture dessine un arc de cercle dans les airs, peignant tout sur son passage. En dessous, le couple le voit venir, et l'homme fait rouler la femme sur le côté, évitant l'assistant, son seau de peinture ainsi que la plate-forme qui leur serait tombée dessus si le modèle n'avait pas eu des réflexes de Ninja.

Quant à moi, il n'y a pas de Ninja pour me sauver.

Je tombe en arrière et mon talon transperce la toile épaisse. Il s'y coince alors que mon corps se tourne dans la direction opposée, et je pousse un cri strident lorsque ma cheville se tord, puis j'atterris dans une flaque de peinture bleue.

– Doux Jésus ! s'exclame l'homme que j'ai essayé de fuir, en venant – trop tard – à ma rescousse.

Il m'empoigne sous les aisselles et me soulève pour m'inspecter de ses yeux dorés inquiets. Au vu de ses petites pattes d'oie, je dirais qu'il a une dizaine d'années de plus que moi. Ses cheveux châtains sont striés de mèches blondes et rousses,

Je ne sais pas ce que veut dire « ma jolie », et même si c'est super-sexy, ça m'agace. Il pourrait me traiter de maladroite ou de débile et je ne le saurais pas. Je regarde mes chaussettes de Noël puis le médecin, qui sourit mais ne dit rien. Elle me plaît. Quant au Frenchie, je n'ai pas encore décidé si je l'apprécie.

– Eh bien, elle n'est pas cassée, dit le médecin, mais vous avez une belle entorse. Je vais vous mettre un bandage, et il faut que vous évitiez de lui faire supporter le moindre poids. Ça devrait aller mieux d'ici deux semaines. Vous devez la reposer, la maintenir surélevée et y mettre de la glace. Je vous conseille aussi d'utiliser des béquilles.

Mince, je déteste les béquilles – tout le monde les déteste. Je n'ai pas envie d'avoir les aisselles rouges et irritées en plus d'avoir mal à la cheville. Surtout sur un tout nouveau contrat. Je me demande si l'artiste va vouloir se faire rembourser, et soudain je panique en pensant à mon père et à la manière dont je rembourserai Blaine ce mois-ci si le Français ne veut plus de moi maintenant.

– Je vais m'occuper de toi, *ma jolie**. Ne t'inquiète pas.

Alec s'assied à côté de moi, passe un bras autour de ma taille et m'attire contre lui, comme si nous nous connaissions depuis des années. À l'évidence, ce type n'a pas la même notion que moi de la distance à respecter entre deux personnes. Cependant, je dois avouer que je trouve ça réconfortant, et ça me rassure un peu quant au fait qu'il me renvoie chez moi.

– *Retournez travailler**, dit-il, suite à quoi ses assistants déguerpissent et reprennent leur activité.

– Qu'est-ce que ça veut dire ? Et qu'est-ce que tu fais ? je demande tandis qu'il se lève et qu'il me prend de nouveau dans ses bras en se dirigeant vers l'ascenseur.

– Je t'emmène à la maison pour que tu puisses te reposer. Tu dois être fatiguée de ton voyage. Et maintenant, avec ton entorse, tu dois t'allonger. Et j'ai dit à mon équipe de se remettre au boulot, ajoute-t-il dans un anglais parfait.

– Cette situation est super-bizarre. Je suis désolée pour la peinture et tout le bazar, et de m'être fait mal alors que je suis censée être une muse spectaculaire.

– Oh, ne t'en fais pas, tu l'es, spectaculaire. Tes traits sont sublimes et ton visage en deux est un miroir parfait, dit-il d'une voix émerveillée.

– Je ne comprends pas, qu'est-ce que tu veux dire par « mon visage en deux » et « un miroir parfait » ?

Un de ses hommes nous suit dans l'ascenseur avec mon bagage et il appuie sur le bouton du douzième étage, le plus haut de l'immeuble. Les portes s'ouvrent sur un nouveau loft, aussi grand que le précédent, mais qui est aménagé en appartement. Il y a une cuisine ouverte, un grand salon et des escaliers qui doivent mener aux chambres. Il m'emmène à la salle de bains, où il me pose délicatement sur un pied tandis que je me tiens au lavabo. Mon sac apparaît comme par magie, et Alec fouille dedans avant d'en sortir mon top et mon shorty Aubade.

– Tiens, mets ça, je vais chercher un sac pour tes vêtements.

Quelques secondes plus tard, il revient avec un sac-poubelle.

– Ça va aller ? demande-t-il en me regardant, une main sur la poignée de la porte.

– Oui, merci, je dis en me sentant rougir.

Mais quelle imbécile ! Je me dépêche d'enlever mon jean et mon t-shirt maculés de peinture bleue et j'enfile mon pyjama. Ensuite, je prends un gant propre et j'enlève le plus possible de taches sur ma peau. Le mieux serait que je me douche, mais ça devra suffire pour l'instant, je veux d'abord mettre les choses au point avec mon client, histoire d'évaluer son humeur et de voir s'il est en colère contre moi.

Lorsque j'ouvre la porte de la salle de bains, Alec m'attend devant et il me reprend dans ses bras.

Il m'emmène jusqu'à un canapé d'angle en velours pourpre, m'y dépose, puis il rapproche un tabouret sur lequel il s'assied. Il soulève mon pied sur sa cuisse et je me penche pour attraper mon mollet des deux mains, ne sachant pas comment réagir face à cet homme qui me touche sans complexes.

– Donc, tu voulais savoir pour le miroir parfait ? dit-il, reprenant le fil de la conversation.

Je hoche la tête et me mords la lèvre. Du bout de l'index, il trace un trait invisible du milieu de mon front jusqu'au bout de mon menton. Je frissonne sous son geste, mais peut-être est-ce à cause de son regard de braise qui me donne l'impression d'être la plus belle femme sur terre. Wes me regardait de la même manière. Un éclair de culpabilité s'empare soudain de moi, mais je le mets de côté, car Wes et moi ne sommes pas en couple. Nous sommes amis – des amis qui se veulent du bien. Peut-être serons-nous ensemble un jour. Peut-être. Mais pas aujourd'hui.

– Si on coupait ton visage en deux, ici, dit Alec en redessinant son trait invisible, chaque côté serait le reflet parfait de l'autre.

– Comme tout le monde, je réponds en fronçant les sourcils.

Il pose sa main sur ma joue et plonge ses doigts dans mes boucles.

– Oui, *ma jolie**, mais chez les autres, le visage n'est pas symétrique. Le tien est parfait. C'est le même des deux côtés. Ni plus beau ni plus moche que l'autre côté. C'est très inhabituel et fascinant. Tu es unique, dit-il avant de déposer un baiser sur chacune de mes joues. Demain, nous commençons le travail, *oui** ? Aujourd'hui, tu te reposes.

Il attrape un coussin qu'il pose sur le tabouret avant d'y allonger ma cheville enflée.

– Je dois retourner travailler maintenant, reprend-il d'une voix distante, comme s'il était déjà replongé dans son art.

Il est intéressant, cet Alec Dubois.

* * * *

N'ayant pas le courage de gravir les escaliers à cloche-pied, je passe l'après-midi sur le canapé où je fais une sieste avant d'appeler Ginelle, ma meilleure amie, ainsi que Tante Millie. Les deux ont trouvé hilarant que je me sois tordu la cheville. Apparemment, je suis chanceuse de me retrouver à la merci d'un bellâtre français.

La cloche signalant l'arrivée de l'ascenseur retentit et j'entends la grille en fer s'ouvrir. Alec entre dans le salon avec une paire de béquilles et un sac en papier blanc dont s'échappent de divins arômes.

Il pose la nourriture sur la table basse, appuie les béquilles sur le dossier du canapé et vient s'asseoir à côté de moi.

Je n'ai pas le temps de dire un mot qu'il saisit déjà mon visage pour m'embrasser sur chaque joue, laissant une marque brûlante sur ma peau. Il recule la tête et plonge son regard dans le mien.

– Comment vas-tu, *ma jolie** ?

– Euh, bien je crois. Ça veut dire quoi, « ma jolie » ?

Alec sourit et penche la tête sur le côté. Il enlève une mèche de mon front et la place derrière mon oreille. L'air autour de nous semble soudain chargé de promesses, d'un espoir inexplicable.

– Ça veut dire que tu es belle, répond-il.

– Ah, ok, je chuchote, envoûtée par ses yeux ambrés.

– Tu as faim ?

Je hoche la tête.

Il part à la cuisine et revient avec deux assiettes et des couverts, puis il se rassied en se collant à moi. Je ne peux pas me décaler sur le canapé sans qu'il le remarque, et je ne veux pas faire mauvaise impression, donc je reste enveloppée dans sa chaleur et son parfum C'est un mélange d'Hugo Boss et de peinture fraîche. Je le reconnais parce que j'ai travaillé dans une parfumerie à Las Vegas où je devais proposer à tous les clients de se faire parfumer.

La senteur d'Hugo Boss était divinement virile, à tel point qu'elle semblait se diriger tout droit entre mes cuisses chaque fois que j'en aspergeais quelqu'un.

J'appuie le poids de mon corps sur mes mains et je me décale discrètement de quelques centimètres. Alec se contente de me regarder en souriant et de me faire un clin d'œil avant de me tendre une assiette de nouilles sautées et de poulet aux champignons noirs.

– J'espère que tu aimes la cuisine chinoise, dit-il.

Je prends le plat et le porte à mes narines, fermant les yeux pour respirer le délicieux parfum de poulet aux épices. J'en ai l'eau à la bouche et je gémis en mâchant ma première bouchée. Lorsque je lève la tête, Alec ne mange plus. Il m'observe avec un regard incandescent, si intense que je manque m'étouffer.

– Tu es incroyablement belle, dit-il.

Il effleure ma joue et je l'appuie contre sa paume. Ça ne fait que quelques jours, mais la présence d'un homme me manque déjà.

*– Tu es le cadeau de Dieu au monde**, susurre-t-il d'une voix rauque en promenant son pouce sur ma lèvre.

– Qu'est-ce que ça veut dire ?

– Que tu es un miracle. Un sublime miracle.

Et je vais faire en sorte que tout le monde le sache.

Un miracle. Alec pense que je suis un miracle. Sublime.

Je ne sais quoi répondre, mais peu importe car je n'ai pas le temps d'y réfléchir. Il pose son assiette puis la mienne, et il avance son visage vers le mien. Nos bouches ne sont qu'à quelques millimètres, et je suis hypnotisée par sa présence. Cependant, mon cerveau sort de sa torpeur lorsque ses lèvres chaudes et tendres effleurent les miennes et qu'il suce ma lèvre avant d'y promener sa langue.

Je saisis sa nuque et tire sa tête vers moi en plongeant mes doigts dans ses cheveux. Je trouve son élastique et je lui détache les cheveux, libérant une masse de vagues épaisses sentant le citron et le savon. Ses cheveux tombent sur son visage et encadrent notre baiser. Alec attrape mon menton et penche ma tête sur le côté pour plonger sa langue dans ma bouche, apprenant déjà comment me faire gémir. Je mordille ses lèvres comme un animal affamé, mais ça ne semble pas le gêner. Je crois même qu'il grogne dans ma bouche.

Les muscles de mon corps se contractent, désespérés de sentir Alec plus près encore. J'essaie de m'allonger sur le dos pour qu'il s'étende sur moi, mais il rompt le baiser et appuie son front contre le mien.

– *Très jolie**, chuchote-t-il.

Ses mots en français me caressent comme sa langue a caressé mes lèvres il y a quelques secondes, m'excitant encore plus maintenant que je connais la sensation de sa bouche sur la mienne.

– Tout doux, *chérie**, dit-il d'une voix douce. Nous avons tout le temps d'apprendre à nous connaître physiquement. Je veux profiter de toi. Découvrir ton goût, la douceur de ta peau sous mes doigts, ton corps sur ma toile.

– Waouh, je murmure en plongeant mon regard dans le sien.

– « Waouh » ne suffit pas à décrire le plaisir que nous allons prendre. Mais mangeons, maintenant. Apprenons à nous connaître. Ce n'est que de cette manière que la manifestation physique de notre union sera divine.

Alec Dubois est tout simplement étrange. « La manifestation physique de notre union ? » Qui parle comme ça ? Je ne sais même pas ce que ça signifie !

– Tu es un mec bizarre, dis-je avant de reprendre mon assiette.

J'enroule des nouilles sur ma fourchette et j'en avale une énorme bouchée. C'est délicieux, presque aussi bon que le baiser que nous venons d'échanger.

Alec penche la tête en arrière et éclate de rire. Comme je disais, il est totalement bizarre.

Il saisit son assiette à son tour, pose ses pieds sur le tabouret, à côté du mien, et me transperce du regard.

– Oh, ma chérie, tu n'as pas idée. Mais tu le découvriras bien assez tôt. Maintenant, mangeons.

CHAPITRE 2

Hier soir, après m'être gavée des meilleures nouilles chinoises que j'aie goûtées de toute ma vie, Alec m'a portée dans la chambre à l'étage et il m'a installée dans son lit. Je ne crois pas qu'il y ait d'autre chambre dans l'appartement, mais il n'a pas supposé que nous dormirions ensemble, même après notre baiser. Je lui en suis reconnaissante, car j'avais besoin de la soirée pour trouver ma place dans ce nouveau monde.

J'ai eu du mal à réaliser que je n'étais plus à Malibu, dans la maison de Wes nichée sur la colline, dans mon lit de nuages. Le lit d'Alec est ferme mais confortable, dans une chambre aux tons bleu et gris pâle. Le sommier repose sur une plate-forme en bois massif et il est décoré d'une tonne de coussins bleu marine. Il y a peu de meubles, une armoire, une commode, deux petites tables de nuit, l'une avec une lampe de chevet, l'autre avec une pile de livres. Je remarque que plusieurs des titres sont en français et, je ne sais pourquoi, je souris en voyant que certains proviennent d'une bibliothèque.

Pour l'instant, Alex s'est comporté en parfait gentleman. Il ne m'a pas renvoyée chez moi lorsque je me suis tordu la cheville, au contraire il a été aux petits soins. Il me regarde comme s'il était prêt à m'offrir la lune. Et puis, bien sûr, il y a eu ce baiser. Des frissons me parcourent l'échine en repensant à ses lèvres chaudes sur les miennes. J'ai été surprise qu'il m'embrasse, même si j'aurais sans doute dû m'y attendre étant donné sa façon de me toucher en permanence. Je crois qu'il m'a plus touchée en vingt-quatre heures que Wes en une semaine, alors que Wes adore me toucher.

Wes. Non, je refuse d'y penser. Nous allons rester amis et voir ce qui se passera par la suite. Il sait que je dois faire ce travail pour sauver mon père, et je ne veux pas faire vœu d'abstinence tant que ce n'est pas fait. Maintenant que j'ai goûté à la passion que Wes m'a fait découvrir, je ne peux plus m'en passer. Mais je suis prête à passer à autre chose – et à quelqu'un d'autre –, et c'est ce que je vais faire. Je sais qu'il y a de l'alchimie entre Alec et moi et il suffit de voir sa façon d'embrasser pour savoir qu'il est bon au lit. Il est temps que je m'amuse.

Alex a dû poser mes béquilles et ma valise contre le mur à côté du lit, pendant la nuit. Lorsque je me réveille, je regarde autour de moi et sautille jusqu'au petit placard, mais il ne contient que des vêtements d'homme. Or, mon contrat stipule que mes clients me fourniront les tenues nécessaires pour la durée de la mission. Je me demande où il a bien pu mettre mes habits. J'ouvre la commode, mais je n'y trouve que des boxers, des chaussettes et des pyjamas.

Je sors un jean propre et un t-shirt Radiohead de ma valise. Ginelle et moi nous étions amusées comme des folles à ce concert, à tel point que nous n'avions plus de voix le lendemain. Thom Yorke a un talent incroyable, et lorsqu'un groupe comme Radiohead venait à Las Vegas, je faisais tout mon possible pour me procurer des billets.

Une fois habillée, j'enfile une seule basket et je me contente d'une chaussette pour l'autre pied. Arrivée en haut de l'escalier, je décide de descendre les marches sur les fesses, laissant mes béquilles glisser le long de l'escalier, et je dois dire que je suis plutôt fière de moi d'y avoir pensé.

– Eh ! Je t'aurais aidée à descendre, *ma jolie**, dit Alec en faisant le tour du bar pour venir à moi.

Merde. Il est en bas de pyjama, torse nu, et je me retrouve bouche bée devant ses abdos sculptés et sa peau hâlée. C'est un véritable festin pour les yeux. Ses cheveux ondulés tombent sur ses épaules dans des tons châtains, roux et blonds. Les muscles de son abdomen se contractent quand il m'aide à me relever, puis il me guide vers le bar. Une fois que je suis installée sur un tabouret, il me tourne le dos, et je retiens mon souffle sans pouvoir m'empêcher de laisser échapper un cri aigu. Tout le côté gauche de son dos est couvert d'encre noire, des mots en français qui commencent sur son épaule et finissent dans le creux de ses reins. Alec tourne la tête et me surprend en train de le reluquer.

– Ton tatouage... il est... il est magnifique, je bégaie.

D'une main experte, Alec casse deux œufs dans une poêle, sans utiliser le rebord comme je le fais, et je prends note de lui demander de m'apprendre à le faire d'ici la fin du mois.

– *Merci**, répond-il avant d'ajouter deux œufs aux premiers.

Dans une autre poêle, il fait frire du bacon.

– Qu'est-ce que ça veut dire ? je demande.

Il passe une mèche derrière son oreille et attrape une tasse pour me servir un café.

– C'est un poème de Jacques Prévert, un auteur français. Il l'a écrit en 1966. Tu veux du lait ou du sucre ? demande-t-il en désignant ma tasse.

– Les deux, s'il te plaît.

Il pose la tasse devant moi, puis il retourne les œufs et le bacon.

– Ça te gênerait de me dire de quoi parle le poème ? je demande timidement.

Alec se lèche les lèvres, s'adosse au plan de travail et croise ses chevilles. Mon Dieu, ce mec est aussi magnifique que Wes, même s'ils sont complètement différents. Là où Wes avait le teint et les cheveux plutôt clairs et était généralement rasé de près, les cheveux, la moustache et la barbe d'Alec sont plutôt foncées et il est assez mat de peau.

– « Ces gens peints avec amour dans le furtif silence et l'obsédant vacarme des rues de tous les jours ». C'est un extrait du poème *Gens de Witold* de Jacques Prévert, qui décrit le public devant les tableaux de Witold-K[2]. Il raconte comment les gens passent d'un tableau à l'autre, et ne voient que les

2. Witold Leszek Kaczanowski, dit Witold-K, peintre et sculpteur polonais et américain, était un ami de Jacques Prévert. Il peignait très souvent des personnages de dos.

dos de ceux qui les précèdent. Mais nous aussi, face au tableau, nous ne montrons que notre dos à ceux qui nous suivent. Ça me rappelle que le public va venir voir mes tableaux et mes photos, et que parfois, les gens s'observeront entre eux. Et cette observation changera leur expérience – finalement, du point de vue de celui qui approche, la personne qui regarde ma peinture fera partie de la toile.

Je réfléchis un moment à ce qu'il vient de dire.

– C'est une perspective intéressante.

Alec me sourit et me tend une assiette avec deux œufs et du bacon.

– Mange, *ma jolie**. Nous avons une grosse journée de travail devant nous.

– D'ailleurs à ce propos, où sont mes vêtements ? je demande en dévorant mon petit déjeuner.

Il fronce les sourcils en mâchant un morceau de bacon.

– Quels vêtements ?

– Tu sais, les vêtements, ceux que tu veux que je mette pendant que je suis ici. Normalement, ils doivent être fournis...

Je ne finis pas ma phrase, trop mal à l'aise de faire allusion à mon contrat.

Alec sourit d'un air narquois et pose ses mains sur le comptoir pour approcher son visage du mien.

– *Ma jolie**, il n'y a pas de vêtements pour toi, parce que tu seras nue pendant ton séjour chez moi. Tu es ma muse, et j'ai besoin de voir ton corps et tes courbes autant que possible.

Je cligne des yeux plusieurs fois, puis j'ouvre la bouche et la referme. Il ne peut pas être sérieux, si ?

– Tu veux que je me promène à poil ? Tout le temps ?

– *Oui**, répond-il, comme si c'était sans importance.

– *Oui* ?* C'est tout ce que tu as comme réponse ? (Je pose bruyamment ma fourchette dans mon assiette.) Tu crois que je vais me balader toute nue ? Toute la journée ?

Alec fronce de nouveau les sourcils.

– Tu n'es pas à l'aise avec ton corps, *ma jolie** ?

– Bon sang, je n'arrive pas à le croire ! je réponds en croisant les bras. Ça n'a rien à voir avec le fait d'être à l'aise ou pas avec mon corps, même s'il est vrai que je pourrais perdre quelques kilos, mais je ne connais personne qui apprécierait d'être à poil toute la journée !

– Hmmm, dans ce cas, nous avons un problème. Finis ton petit déjeuner, nous devons aller à l'atelier. Je veux faire des photos de toi avant que la lumière ne change, puis je commencerai les tableaux.

Il avale sa dernière bouchée de bacon tout en allant à l'évier, où il rince son assiette avant de la mettre dans le lave-vaisselle.

– Je vais me préparer, nous en reparlons plus tard, *oui** ?

– *Oui**, je réponds d'une voix sarcastique.

Il secoue la tête et monte les escaliers en courant. Il redescend une seconde plus tard avec ses vêtements, et il file sous la douche.

Il veut que je sois nue tout le temps. Ce type est vraiment bizarre. Je lève les yeux au ciel en grinçant des dents. Il ne m'a pas vraiment répondu, en fait. Il m'a simplement dit que nous avions un problème, puis il a changé de sujet et il est parti. Cette deuxième journée ne semble pas mieux partie que la première – mis à part le fait que je l'ai vu à moitié à poil. Cependant, malgré notre baiser d'hier et même si je rêve de lui sauter dessus, il est hors de question que je sois nue à longueur de journée. Ça ne fait pas partie du contrat, je n'ai lu nulle part que « Mia accepte pleinement de courir nue pendant un mois ». Il est complètement fou, ce type !

* * * *

Après sa douche, Alex m'emmène deux étages plus bas, dans son atelier.

– Les deux étages sont à toi ? je demande en le suivant à travers le loft.

Je suis surprise de ne voir que deux assistants dans le loft, alors qu'il est huit heures du matin. Peut-être ne travaillent-ils pas de huit heures à dix-sept heures comme ailleurs ?

– Oui. Ici, c'est mon atelier, et au douzième étage, c'est ma maison, comme tu le sais. J'aime être près de chez moi, car je travaille parfois toute la nuit. Quand je finis ma journée, je n'ai pas envie de traverser la ville pour rentrer à la maison. Ici, je n'ai qu'à prendre l'ascenseur.

– Je comprends, c'est logique. Où sont tous tes employés ? je demande en m'asseyant sur la chaise qu'il me donne.

Devant nous, à environ trois mètres, se trouvent deux toiles blanches suspendues au mur, éclairées par de nombreux projecteurs. Elles mesurent à peu près un mètre quatre-vingts sur un mètre vingt, mais l'une est à la verticale, l'autre à l'horizontale.

– C'est un jour réservé à la création, donc je n'ai pas besoin d'assistants. Je n'ai besoin que de toi, de mon appareil photo et de ma peinture.

– Cool. Alors, qu'est-ce que tu veux que je fasse ?

– On va commencer avec des tests. J'aimerais que tu te tiennes debout devant la toile qui est en position paysage.

Il m'aide à me lever, puis il me porte jusqu'à la chaise qui est devant la toile. Il me place debout, mais de façon à ce que je puisse m'appuyer sur le dossier.

– Si tu as besoin de poser le pied, fais-le sur ce coussin, pas sur le béton dur. Ça devrait aller, *oui** ?

– Oui, merci, Alec. Fais ce que tu as à faire, je vais très bien. Je suis très confortable.

Il hoche la tête et retourne à son trépied où il ajuste les lumières.

– Ok, maintenant, je veux que tu enlèves ton t-shirt. Garde ton soutien-gorge pour l'instant, je veux seulement voir la courbe de tes épaules, de tes bras, de ton cou et de ta taille.

Je retiens mon souffle et me mords la lèvre en enlevant mon t-shirt.

– Comme tu veux, Frenchie, mais ça va te coûter cher.

– Je connais le prix, ne t'en fais pas, dit-il derrière son appareil photo.

J'ai à peine jeté mon t-shirt par terre que le cliquetis de l'appareil retentit. Je reste parfaitement immobile dans mon soutien-gorge en dentelle noire. Heureusement, il couvre complètement mes seins, comme un bikini, mais ça ne m'empêche pas d'être nerveuse car je n'ai jamais fait de mannequinat. Après tout, je n'ai jamais pensé que j'avais le corps qu'il fallait.

– *Impressionnant**, marmonne Alec en français.

J'ai l'impression que c'est un compliment, donc je me tais et je le laisse faire son truc.

– C'est très bien, ajoute-t-il quelques minutes plus tard.

– Comment ça ? Je ne fais rien ! je m'exclame.

– Ta beauté suffit. Et puis ces photos sont surtout pour la lumière, la position, etc. Tu en as marre d'être debout ? demande-t-il.

– Un peu.

Je ne pensais pas que je serais aussi fatiguée de rester en équilibre sur un pied. Nous faisons donc une courte pause, il m'apporte de l'eau et un châle pour couvrir ma poitrine. Lorsque nous reprenons le travail, il me demande de me pencher et d'ébouriffer mes cheveux avant de me relever. Je répète le mouvement deux ou trois fois jusqu'à ce qu'il soit satisfait du résultat. À mes yeux, j'ai l'air d'une folle qui sort du lit, mais apparemment ça lui plaît.

– Tes couleurs sont parfaites, *ma jolie**.

Il se dirige vers une table sur laquelle il prend un petit pot de peinture rouge cerise et un pinceau.

– Ça va te paraître étrange, mais je vais peindre tes lèvres. La peinture n'est pas toxique.

– Ok, comme tu veux. C'est toi le boss.

Il secoue la tête en riant doucement. Je souris, puis je fais la moue pendant qu'il recouvre mes lèvres d'une peinture brillante et visqueuse. Ensuite, il décoiffe un peu plus mes cheveux et retourne à son appareil photo.

– Maintenant, Mia, je veux que tu penses à quelque chose de triste. Quelque chose qui te brise le cœur. Peut-être quelqu'un qui te manque, *oui** ?

Je regarde au loin en pensant à Wes, à ce qu'il est en train de faire. Je me demande s'il est seul et si je lui manque. Peut-être est-il nu devant quelqu'un d'autre, lui aussi ? Ces pensées sont trop tristes et j'essaie d'en changer. Cependant, je ne sais pourquoi, je pense à mon père. Ça fait un mois que je ne l'ai pas vu. Il est toujours dans le coma, et sa fille n'est pas à ses côtés.

– Mia ! crie Alec.

Je tourne brusquement la tête vers lui et je cligne des yeux. Une larme solitaire s'échappe et coule sur ma joue.

– Je l'ai eue, chuchote-t-il.

– On a fini ? je demande d'une voix tremblante tandis qu'il me tend un chiffon humide.

– Pour cette partie du projet, oui, nous avons fini. Tu peux enlever la peinture et te reposer. Je vais chercher ton t-shirt.

– Merci, je chuchote.

Je me rhabille et nous nous asseyons côte à côte, face à la fenêtre donnant sur la rue. Une pluie fine tombe sur la ville et les gens marchent d'un pas rapide pour ne pas se mouiller.

– Quel est le tableau sur lequel on travaille ?

– Tu veux dire, quel est son nom ?

Je hoche la tête, les yeux rivés sur les passants en contrebas.

– « Pas d'amour pour moi ».

Bien évidemment. Ce devrait être le slogan de toute ma vie.

– Je suis prête à reprendre le travail.

Nous retournons devant la toile et, en silence, j'ébouriffe mes cheveux et j'enlève mon t-shirt.

– Quelle est la suite ? je demande.

– Tu trouves l'amour, bien sûr.

CHAPITRE 3

Après un million de photos et de poses subtilement différentes qui nous ont fait sauter le déjeuner, nous sommes enfin rentrés à la maison. Apparemment, lorsque l'inspiration frappe, il faut en profiter.

J'ai eu du mal à contenir mon désir, je mourais d'envie de mettre mes mains sur lui, n'importe où, mais surtout dans ses cheveux, dans ses longues vagues rousses et dorées. J'ai passé ma deuxième journée à imaginer que je griffais son torse musclé et sa fine taille. Logiquement, lorsqu'une femme se retrouve en soutien-gorge devant un homme hétérosexuel, il n'est pas difficile de penser que les choses vont déraper. Hélas, Alec est accro à son travail.

Lorsque nous sommes rentrés chez lui, nous avons avalé une pizza en vitesse, puis il est reparti à l'atelier pour travailler sur les photos de la journée. Je me suis couchée seule, avant qu'il ne rentre. J'ai trouvé étrange qu'il ne m'ait pas fait de nouvelles avances depuis le baiser du premier jour. De mon côté, je suis prête à passer à l'étape suivante qui m'aiderait à cesser de penser à Wes et à la petite planche de surf qui tient la clé de sa maison et de son cœur.

Ce matin, j'ai de nouveau descendu les escaliers sur les fesses, m'attendant à découvrir Alec aux fourneaux, comme hier, mais je ne trouve qu'un petit Post-it sur la cafetière.

Ma jolie,*

Rejoins-moi à l'atelier quand tu es prête. Il y a beaucoup à faire.

A.

Je mange une banane et me sers un café avant de claudiquer jusqu'à l'ascenseur. Il y a bien plus de monde dans l'atelier qu'hier, des hommes en noir qui prennent des photos ou qui portent du matériel d'un côté de la pièce à l'autre. Je suis contente qu'Alec ait fait mon shooting lui-même, au moins j'ai eu quelqu'un à qui parler. Les assistants ne semblent pas apprécier que les modèles parlent toutes les deux minutes, j'en entends un dire « ne bouge pas » ou « chut » à l'une d'entre elles. Même si tout cela me paraît encore bizarre, je me sens chanceuse de découvrir les coulisses d'un artiste mondialement reconnu.

– Te voilà enfin, me dit un des hommes en noir.

Il me saisit le bras et me tire en avant plus vite que ne le permet mon handicap. Je fais de mon mieux pour le suivre, mais le bout en caoutchouc de ma béquille roule sur un fil électrique, et je suis forcée de mettre tout mon poids sur ma cheville blessée pour éviter de tomber. Je vacille, mais je parviens à rester debout.

– Fais gaffe, mec. Tu vas te prendre une béquille dans la tronche si tu n'arrêtes pas de tirer sur mon bras. Je ne suis pas un chien en laisse, je m'exclame, furieuse.

– *Que se passe-t-il* ?* demande une voix agacée derrière nous.

Alec nous regarde, l'air furieux, mains sur les hanches, comme un lion prêt à bondir sur sa proie.

– Monsieur Dubois, votre modèle n'était pas assez rapide, vous l'attendiez il y a une heure, répond l'assistant.

Il y a une heure ? S'il voulait que je me lève tôt, il aurait dû mettre un réveil ou trouver une manière croustillante de me réveiller. Je ne suis pas responsable de mon retard.

– *Imbécile**, murmure Alec. Tu as oublié tes lunettes ?

L'homme se gratte la tête.

– Pardon ?

– Tu es sourd, en plus d'être aveugle ?

Cette fois, l'homme ne se laisse pas faire.

– Écoutez, Monsieur Dubois, les modèles doivent suivre les règles et être à l'heure. Or, elle est en retard. Très en retard. Je voulais juste qu'elle se dépêche...

– Ça suffit. Tu n'es qu'un idiot, dit-il en pointant son index sur l'homme en noir. Tu ne vois pas qu'elle est blessée et qu'elle ne peut pas courir avec des béquilles ?

– Je voulais juste...

– *Assez* !* Tais-toi avant de creuser un trou si profond que tu ne reverras plus jamais la lumière, crache Alec.

Il regarde autour de lui et tend le bras vers moi.

– Maintenant, pour tous ceux qui écoutent, et je sais que vous écoutez...

Quelques personnes essaient de tourner la tête, comme pour cacher le fait qu'elles tendaient l'oreille pour ne pas perdre une miette de la dispute.

– ... Cette femme s'appelle Mia. Elle est la muse pour toute la série « Amour sur toile ». Elle est aussi précieuse que n'importe laquelle de mes toiles et j'attends que vous la traitiez ainsi. Maintenant, retournez au travail, dit-il en frappant deux fois dans ses mains.

– Tu vas bien, *ma jolie** ?

– Oui, il m'a agacée, c'est tout. Il a trop tiré sur mon bras et j'ai failli tomber. C'était une simple erreur.

– Une erreur qu'il ne commettra pas deux fois, aboie-t-il avant de me soulever dans ses bras comme une princesse. Tu as bien dormi ?

Autant en profiter, parce que ce sera peut-être ma seule chance.

– J'aurais mieux dormi avec un corps chaud à côté de moi.

Il s'arrête brusquement et plonge son regard brûlant dans le mien.

– C'est vrai, ça ?

– Je ne mens jamais.

Bien sûr, ce n'est pas vrai, puisque je mens chaque fois que ça m'arrange. Mais il ne le sait pas.

– Ça, j'ai du mal à le croire, *ma jolie**.

Il m'emmène dans le coin où nous avons travaillé hier et me dépose sur la chaise, mais je ne le laisse pas partir avant de lui avoir répondu.

– Crois-le, je chuchote avant d'embrasser sa joue.

– Alors, nous allons devoir y remédier. Je ne veux pas que tu te sentes délaissée.

– Ce serait une tragédie, je rétorque en souriant jusqu'aux oreilles.

Il me répond par un clin d'œil, puis il se tourne pour prendre la peinture et son pinceau.

– Tu vas me repeindre les lèvres ?

Il vient vers moi et lève le menton pour me dire de regarder derrière moi.

Je me retourne, prenant soin de ne pas mettre de poids sur ma cheville blessée, et c'est là que je les vois, que je me vois. Deux images de moi : l'une est un portrait peint en blanc et noir, l'autre est une photo de moi qui ne recouvre qu'une moitié de la toile. Sur cette dernière, les lèvres rouges sont la seule touche de couleur. Quant au tableau, il est encore plus réaliste que la photo, à tel point que je me lève pour le regarder de plus près. Les coups de pinceau sont minuscules. C'est une copie parfaite de la photo. On y voit la larme sur ma joue, la tristesse de mon regard, les épaules voûtées d'une femme torturée. Une femme triste, mais... magnifique.

– C'est... je n'arrive pas à croire... comment ?

Je lève la main pour toucher le tableau, mais Alec s'empresse de saisir mon poignet.

– Ne touche à rien, la peinture est encore fraîche. J'ai travaillé dessus toute la nuit.

J'écarquille les yeux en réalisant ce que j'ai failli faire.

– Je suis désolée ! Je n'avais pas compris ! Je suis bête, j'aurais dû le deviner, c'est logique. Désolée.

Alec caresse une de mes boucles avant d'effleurer ma tempe du bout du doigt, puis ma joue, puis mon menton. Je frissonne et les poils de mes bras se hérissent.

– Tu as froid ? demande-t-il avec un sourire en coin, parfaitement conscient de l'effet qu'il a sur moi.

– Non, je réponds en le dévorant des yeux et en me léchant les lèvres, le suppliant en silence de poser sa bouche sur moi, n'importe où, partout.

– Dans ce cas, au travail.

Il passe sa main dans mes cheveux pour dégager mon visage. Ce n'est pas ce que j'espérais, mais je m'en contenterai pour l'instant.

– Assieds-toi, je vais peindre tes lèvres, dit-il.

Je pousse un grognement et sautille de nouveau jusqu'à ma chaise pour m'asseoir.

– Tu ne penses jamais à autre chose qu'à ton travail ? je lui demande alors qu'il s'agenouille devant moi.

– Tu me demandes si j'ai envie de t'embrasser à t'en couper le souffle ? Ou si je meurs d'arracher ton t-shirt pour sucer les pointes de tes seins jusqu'à ce que tu me supplies de te faire l'amour ?

– Me faire l'amour ? je ricane malgré les fourmillements qui naissent entre mes jambes.

– Bien sûr, *chérie**, les Français font l'amour. Mais il y a bien des manières de faire l'amour. Ça peut être dur, rapide, lent, tendre. J'ai l'intention de te faire toutes ces choses durant de nombreuses heures. Mais pas maintenant. Maintenant, nous devons travailler. Nous nous amuserons plus tard.

Je hoche la tête, ne trouvant pas les mots pour lui répondre. J'aimerais lui demander ce qu'il entend par s'amuser, même si j'ai une bonne idée de ce qu'il a en tête.

Alec peint délicatement mes lèvres avec son rouge visqueux. Lorsqu'il a fini, il me porte jusqu'au portrait qu'il a peint de moi pendant la nuit.

– C'est maintenant que ça devient compliqué. Je veux que tu poses tes lèvres sur celles du tableau. Je vais te diriger aussi bien que possible. Tu vas t'approcher, puis tu les presseras lentement sur la toile pour transférer la peinture de ta bouche sur l'autre.

Je le regarde en écarquillant les yeux mais, comme hier, je ne parle pas pour ne pas abîmer la peinture sur mes lèvres. Il pose sa main derrière ma tête, et je place mes mains sur le mur, de part et d'autre de la toile, approchant ma tête à quelques centimètres.

– Surtout, ne touche pas le portrait ailleurs que sur les lèvres, sinon je devrai le recommencer, dit-il.

J'inspire et expire lentement par le nez avant d'approcher un peu plus. Lorsque je pense être au bon endroit, Alec prend ma tête entre ses mains et me repositionne légèrement. Il me fait avancer la tête, et je fais la moue avant de presser mes lèvres sur la toile. Il m'aide à reculer pour éviter que je tombe et il me guide de nouveau vers la chaise. Les lèvres du portrait en noir et blanc sont désormais rouges, comme celles de la photo. Elles sont si bien faites que c'est presque comme si Alec les avait peintes, mais on voit que c'est un baiser sur la toile.

– C'est exactement comme je l'avais imaginé. Tu me fascines, Mia, dit-il d'une voix émerveillée en regardant son œuvre.

– Prends une photo, elle durera plus longtemps, je taquine lorsqu'il passe plusieurs minutes à admirer sa toile en silence.

Il tourne lentement la tête vers moi et je découvre un regard envoûtant.

– Cette œuvre va trôner dans la maison de quelqu'un jusqu'à la fin de ses jours. Elle passera d'une génération à une autre, en héritage, jusqu'à la fin des temps.

Certes, lorsqu'on voit les choses ainsi, ça semble plutôt génial.

* * * *

Alec passe le reste de la journée à me prendre en photo. Cette fois-ci, je suis vraiment torse nu, debout, face à la toile à moitié vierge.

– Je ne comprends pas pourquoi je dois être nue pour ça, je dis en cachant ma poitrine.

Mes seins sont couverts de chair de poule et j'ai du mal à croire que ce soit très beau à l'écran. Mes cheveux sont lâches et ébouriffés, mais cette fois-ci il a fait venir quelqu'un pour les décoiffer professionnellement. J'ai tellement ri qu'il a fini par quitter la pièce pour jeter un œil sur ses autres travaux. Je sais que je l'agace, je suppose qu'il n'est pas habitué à ce que ses muses le contredisent ou se moquent de lui. D'ailleurs, je me demande combien de muses il a eues, l'idée que je sois la dernière d'une longue liste me met mal à l'aise.

– Tu as déjà embauché d'autres muses ? je demande sans vraiment vouloir connaître la réponse.

Le cliquetis de l'appareil photo retentit, et il parle en français à un des assistants qui s'empresse d'ajuster les projecteurs de quelques centimètres.

– Non, *ma jolie**, tu es la première, répond-il en continuant le shooting.

Sa réponse me satisfait. J'aime savoir que je suis la seule qu'il ait engagée. Je ne suis pas certaine que cela me place au-dessus des autres modèles, mais j'aime le penser pour booster ma confiance.

– Que fait-on, au juste ? je demande, toujours debout devant la partie vierge de la toile.

– Je vais te faire aimer ton image, et le public y verra une femme qui s'aime.

– Mais encore ? je rétorque en fronçant les sourcils.

– *Ma jolie**, soupire-t-il. Je dois finir ces photos pour avoir le temps de peindre, de dîner avec toi, de te faire l'amour et de peindre ta photo sur la toile. Il y a beaucoup à faire.

Waouh, est-ce qu'il vient vraiment de réciter une liste de tâches à faire et d'y inscrire le fait de me « faire l'amour » comme si c'était un travail comme un autre ?

– Surtout, ne te force pas à faire quoi que ce soit dont tu n'aies pas envie, je rétorque sèchement.

– Mia, ton humeur affecte ton image. Cesse de penser à ta frustration, je te prie, et concentre-toi sur le travail que nous faisons.

Je me tourne brusquement vers lui, poings sur les hanches, oubliant que mes seins ballottent dans tous les sens devant une horde d'étrangers.

– Je ne peux pas faire ça, justement, je réponds en haussant le ton, parce que je ne sais même pas ce que tu attends de moi !

Plusieurs de ses assistants arrêtent leur travail pour me regarder, et je me couvre la poitrine avec un bras.

Alec avance vers moi et me replace devant la toile, puis il dégage mes cheveux dans mon dos et se penche pour chuchoter dans mon oreille.

– *Ma jolie**, je suis désolé. Je ne cherche pas à t'énerver. Nous sommes tendus, alors concentrons-nous, et nous parlerons plus tard. *Oui* ?*

Il me parle de cette voix calme qui, au bout de trois jours à peine, semble immédiatement me détendre. Il embrasse délicatement mon épaule nue, et je prends cela pour une promesse.

– Maintenant, mets ta main ici, dit-il en soulevant mon bras droit et en le posant sur le mur. J'aimerais que tu mettes ton autre main sur la toile, sur ton cœur.

Je lui obéis en mesurant chacun de mes gestes afin de ne pas abîmer la photo, et Alec retourne à son appareil.

– Très bien, Mia, maintenant regarde ton portrait. Pense à un moment où tu t'es sentie aimée. Belle. Où tu étais bien dans ta peau.

Je suis immédiatement plongée dans un souvenir datant d'avant que ma mère ne nous abandonne.

À l'époque où nous étions une joyeuse famille de quatre. Je venais de décrocher le rôle principal dans la pièce de l'école, et même maman était contente pour moi, elle qui était toujours centrée sur ses propres désirs et ses propres victoires. Or, ce jour-là fut différent. Elle m'a prise dans ses bras et elle m'a embrassée, puis elle m'a dit qu'elle était fière de moi et qu'elle m'aimerait toujours. Ensuite, mon père m'a tenue fort contre lui et il a chuchoté à mon oreille qu'il avait toujours su que j'avais quelque chose de spécial. Quelque chose qu'aucune autre fille n'avait. En cet instant, dans les bras de mon père, enveloppée par l'amour de ma mère, je les ai crus. C'est mon plus beau souvenir. Le plus beau jour de ma vie.

Derrière moi, Alec prend une rafale de photos.

Toutefois, mon souvenir ne s'arrête pas là. Le lendemain, maman est partie et elle n'est jamais revenue. Je n'ai jamais joué dans la pièce de l'école. J'ai longtemps cru qu'elle était partie à cause de moi, parce que j'avais réussi quelque chose et que j'avais toute l'attention de papa pour moi, ce dont elle avait désespérément besoin. Aujourd'hui, avec du recul, je vois les choses différemment.

Je lève la tête vers les larmes de Mia, sur la toile, et j'ai pitié d'elle. Pendant une seconde, je m'autorise à avoir pitié de mon enfance, des choix de ma famille, de la manière dont j'ai vécu ma vie jusqu'à maintenant. Je ne vois plus une magnifique jeune fille sur la photo, je vois l'image d'une fille triste qui a perdu quelque chose de précieux. Quelque chose de beau.

Sans demander si nous avons fini, je remets mon soutien-gorge et mon t-shirt, je sautille jusqu'à mes béquilles et je m'éloigne. Les remparts que j'ai construits autour de mon cœur sont en train de s'effondrer, et je ne pense pas pouvoir endurer un nouveau choc.

– Mia ! crie Alec.

Je ne réponds pas. Je me contente de lever la main pour lui dire au revoir. Il est tard et la journée a été longue, il ne peut pas m'en vouloir d'avoir besoin de me reposer.

Chez lui, je vais tout droit dans la cuisine, où je trouve une bouteille de vin déjà ouverte. Je m'en sers un grand verre et j'en bois une longue gorgée avant de laisser les larmes couler.

J'entends la porte de l'ascenseur s'ouvrir, c'est Alec qui me rejoint. Il prend un autre verre à pied et le remplit du liquide pourpre. Il s'appuie contre le plan de travail et me regarde tandis que j'essaie de me calmer.

– Pourquoi tu ne t'aimes pas ?

CHAPITRE 4

– Je m'aime, je rétorque sèchement. Alec plonge son regard dans le mien, et je remplis de nouveau mon verre.

– Ah bon ? On ne dirait pas, répond-il avant de finir son vin rouge.

– Tu crois me connaître ? Au bout de trois jours ? je crache en fronçant les sourcils.

Alec pince ses lèvres et me pénètre d'un regard plein de frustration. Cependant, il y a autre chose dans son regard, quelque chose que je ne parviens pas à identifier.

– Je crois que je te connais mieux que tu ne te connais toi-même, répond-il.

Il fait un pas vers moi et pose sa main sur ma joue, mais je l'enlève et je fais un pas en arrière.

– Tu penses que parce que tu es un artiste, tu as un don spécial pour analyser les gens ? Si c'est le cas, ta magie se plante, Frenchie, parce que la dernière personne avec qui j'ai envie d'être en ce moment, c'est toi ! je m'exclame en posant violemment mon verre sur le plan de travail. Merde ! je grogne lorsque j'en renverse sur le comptoir.

Je sautille vers l'essuie-tout et j'en saisis une quantité bien trop grande pour éponger ma petite éclaboussure.

– Laisse-moi faire, dit Alec.

Il essaie de prendre l'essuie-tout, mais je le repousse encore une fois.

– C'est bon, je peux le faire. J'ai réparé mes erreurs et celle des autres toute ma vie, je peux bien m'occuper d'une petite tache de vin.

Je renifle, faisant de mon mieux pour retenir les émotions qui menacent de déborder. Il est hors de question que je m'effondre maintenant. Il me percevrait comme étant faible et inutile.

Alec recule en levant les mains.

– Ok, ok. *Je suis désolé**. Pardon.

J'ai conscience d'être injuste envers lui. Ce n'est pas sa faute. Il n'a rien fait pour mériter que je lui parle ainsi. Lorsque j'ai fini d'essuyer ma bêtise, il me tend une autre bouteille de vin et je remplis de nouveau mon verre.

– Parle-moi, *ma jolie**. Je suis là. Je veux être là pour toi, dit-il d'une voix douce.

Je lève les yeux vers les siens et je sais qu'il est sincère. Il n'y a pas de pitié dans son regard, simplement de l'inquiétude.

– Alec, je suis désolée. C'est juste que pendant le shooting, quand tu m'as demandé de penser à un moment heureux, j'ai revu le meilleur de mes souvenirs. Seulement, il a été immédiatement remplacé par un autre très douloureux, lié à une époque de ma vie que je n'ai pas encore acceptée. C'est tout. Ce n'est pas toi.

J'avance vers lui et je passe mes bras autour de sa taille, nichant ma joue contre son torse. Il me serre fort dans ses bras et caresse lentement mon dos.

– J'ai l'impression que tu as passé une bonne partie de ta vie à t'occuper des autres, *oui** ?

Je me contente de hocher la tête contre lui, et il inspire profondément avant de resserrer son étreinte.

– Alors maintenant, *ma jolie**, il est temps que tu t'occupes de toi, *oui** ?

Je hoche de nouveau la tête.

– Je vais t'aider. Ce projet, « Amour sur toile », sera libérateur. Ensemble, et aux yeux du public, nous allons trouver la paix. Pour toi. Je vais te montrer, à travers l'art, combien tu es parfaite.

Il pose ses mains sur mes épaules et me fait reculer pour me regarder dans les yeux. Je réalise alors que je pleure, mais je découvre son regard serein et je me perds dedans.

– Ce sera mon chef-d'œuvre, et grâce à lui, tu trouveras une partie de ce dont tu as besoin pour avancer.

Il sourit jusqu'aux oreilles, puis il avance son visage. Enfin – enfin –, Alec m'embrasse, comme je le veux tant depuis que je suis arrivée. Un baiser profond, humide, long.

Nos lèvres fusionnent. Il s'écrase sur moi et me piège entre lui et le plan de travail sur lequel il appuie ses mains. Je commence alors mon exploration de son corps, promenant mes mains sur ses abdos, ses pectoraux, rêvant déjà de parcourir le même trajet avec ma langue. J'arrive sur son cou et je poursuis mon chemin dans ses cheveux soyeux. Il penche ma tête en arrière pour plonger encore plus loin dans ma bouche, puis il caresse mon corps comme si j'étais une toile et que sa main était un pinceau. Ses caresses sont précises – tantôt délicates tantôt puissantes –, mais le but est toujours le même : séduire. Je veux sentir ses mains sur moi, partout, et sans vêtements. J'ai mal au pied à force de vouloir le poser par terre, j'aimerais me mettre sur la pointe des pieds et plaquer mon corps contre le sien. Frustrée, je recule brusquement.

– Qu'est-ce qu'il y a ? demande-t-il d'une voix essoufflée.

– Mon pied... j'ai mal... j'ai besoin de... m'allonger. Le lit ? je demande d'une voix haletante tout en caressant sa joue.

Il sourit jusqu'aux oreilles et pose ses mains sur mes fesses pour me soulever.

– Avec plaisir, *ma jolie**, dit-il alors que j'entoure mes jambes autour de sa taille.

Il me porte jusqu'au premier étage tout en m'embrassant délicatement dans le cou. Dans sa chambre, il pose un genou sur le lit et se penche sans me lâcher, pour m'allonger sur le dos. Je glisse tout de suite mes mains sous son t-shirt, pressée de sentir sa peau. Il l'enlève, puis il défait les boutons de son jean et le laisse ouvert, me donnant un aperçu de touffes de poils auburn et d'un bout d'érection. Apparemment, Frenchie ne met pas de sous-vêtements, c'est fascinant.

– Tu es commando ? je demande en souriant.

– *Quoi** ? demande-t-il en fronçant les sourcils.

Je pose mes mains sur ses hanches et je me redresse pour les glisser dans son jean et empoigner ses fesses nues.

– Tu ne portes pas de boxer, j'explique alors que ses fesses se contractent.

– Non. Les boxers sont inconfortables et inutiles. Ils m'empêchent d'avoir tout de suite l'objet de mon désir. Toi, par exemple.

Il s'étend sur moi, ses genoux de part et d'autre des miens, et il plonge son visage dans mon cou qu'il embrasse à la fois tendrement et sauvagement. Il empoigne d'abord mes seins par-dessus mon t-shirt, puis il se redresse pour l'enlever complètement. Une seconde plus tard, l'agrafe de mon soutif est défaite et je suis de nouveau torse nu devant lui. Du bout du doigt, Alec forme des dessins invisibles sur mon torse. Je ferme les yeux et je le laisse me toucher comme jamais je n'ai été touchée, avec révérence, comme si j'étais spéciale et que mon corps était précieux.

– *Tu es l'art**, chuchote-t-il en promenant son doigt le long de mes côtes. *Tu es l'amour**, poursuit-il en effleurant mes seins. *Tu es la beauté**, conclut-il alors que ses pouces tracent des cercles autour de mes tétons.

Je retiens mon souffle avec un cri aigu et je me cambre, cherchant à accentuer sa caresse si légère.

– Qu'est-ce que tu as dit ? je chuchote d'une voix rauque.

Il se penche en avant et répète ses paroles en déposant des baisers sur mon torse, sur mon cœur, mes seins, puis il suce et lape un téton, m'arrachant un gémissement.

Quant à moi, je promène mes ongles le long de son dos musclé avant de plonger mes doigts dans ses cheveux, qui chatouillent mon ventre lorsqu'il descend vers mon nombril. Il enlève brusquement mon jean et mon string, et il s'installe entre mes jambes. Il en soulève une pour embrasser mon cou-de-pied, puis ma cheville, et il remonte lentement jusqu'à mon genou, qu'il mordille et qu'il lèche. Je ne savais pas que le genou était une zone érogène aussi sensible. Waouh, mon sexe se met à pulser violemment, alors qu'il ne l'a même pas encore touché. Alec répète les mêmes mouvements sur l'autre jambe, prenant soin de ne pas me faire mal à la cheville. Lorsqu'il atteint mon genou, cette fois-ci, je frissonne.

– Tu as froid ? demande-t-il en souriant.

Je secoue la tête et il repose ma jambe à côté de l'autre avant de les écarter délicatement.

– Je veux goûter à ta beauté, dit-il en haussant les sourcils, comme s'il me demandait respectueusement la permission.

Il attend un moment, sans me quitter des yeux, et je réalise qu'il demande vraiment mon autorisation. Je lèche mes lèvres et je fais oui de la tête. Soudain, ses yeux deviennent sombres et brûlants de désir. Il se baisse alors que je lève la tête pour admirer ce corps magnifique entre mes jambes, et soudain, sa bouche est sur mes lèvres tandis que sa langue s'enfouit en moi.

– Oh mon Dieu ! je crie en m'agrippant à sa tête.

Ses mouvements ne sont pas mesurés, comme je m'y attendais. La plupart des hommes commencent lentement, mais pas Alec, qui attaque mon sexe comme s'il n'allait plus jamais en avoir l'occasion. Sa langue lape chaque millimètre de chair à laquelle il a accès et de petites décharges électriques tournoient dans mon sexe tandis que sa barbe frotte mes lèvres. Les sons qu'il fait ont quelque chose d'animal, des grognements, des bourdonnements et des gémissements de joie tandis que mes hanches se cambrent sous son visage.

Son pouce tournoie autour de mon clitoris et sa langue continue de me fouiller. Je lâche sa tête pour empoigner les draps tandis qu'un orgasme se prépare dans le bas de mon dos et que tout mon corps s'engourdit, électrifiant toutes mes cellules.

– Tu es divine. Tu es si douce, *ma jolie**, gémit-il en léchant ses doigts avant de les plonger en moi. Comme le plus fin des champagnes, grogne-t-il en lapant mon clitoris. Je n'en aurai jamais assez. Je vais me gaver de toi jusqu'à sentir ton jus, *chérie**.

Ses paroles sont provocantes, mais c'est ce dont j'ai besoin pour me faire chavirer. Il forme un crochet avec ses doigts pour toucher ce point sensible tout en me dévorant, et tout mon corps se contracte sous le plaisir extrême qu'il libère en moi.

Au sommet de mon orgasme, il retire ses doigts et lèche la petite rosace entre mes fesses, me faisant sursauter et frissonner. Ensuite, il suce mon sexe. Lorsque je redescends sur terre et qu'il a fini de me boire, il écarte mes jambes. Je m'attends à ce qu'il s'étende sur moi et qu'il me pénètre – en tout cas c'est ce que j'espère –, mais ce n'est pas ce qu'il fait.

Il se remet à lécher mon sexe et il pose un doigt sur mon anus, tournant autour avant de l'y enfoncer lentement sur un centimètre. Je pousse un cri et recule les hanches, ne sachant pas si je veux que cette partie sombre de moi soit envahie ainsi. Cependant, je ne peux réprimer les soubresauts de plaisir qui m'envahissent lorsqu'il le touche, et Alec remarque ma réponse. Il sourit lorsque je baisse les yeux vers lui, et il mord sa lèvre inférieure, comme je rêve de le faire.

– Baise-moi, Alec, je m'exclame, exaspérée.

– *Non, pas encore**, murmure-t-il.

Je ne parle pas français, mais je sais ce que « non » veut dire.

Cette fois, les mouvements de sa langue sont lents comme s'il guérissait ma chair ou qu'il essayait d'en mémoriser les détails. Cela dure un moment et je finis par perdre patience. Mon bassin dessine des cercles sous son visage tandis qu'il me caresse avec sa langue et ses doigts. Sans prévenir, il glisse deux doigts en moi et je gémis. Enfin ! Il les retire aussitôt, mais ma déception ne dure pas longtemps car sa langue remplace ses doigts avant de remonter sur mon clitoris. Il l'a à peine touché qu'un nouvel orgasme se prépare.

– Putain, oui !

Je soulève mes hanches et j'empoigne ses cheveux, plaquant son visage sur moi. Il comprend qu'il doit aller plus vite, plus fort, et il ne me déçoit pas. Je suis tellement concentrée sur la quête de mon deuxième orgasme que je ne réalise pas que son doigt tournoie de nouveau au-dessus de cet endroit secret que personne n'a jamais exploré auparavant. Il appuie sur ma rosace en même temps qu'il suce plus fort sur mon clitoris. Mon bassin essaie de se soulever, mais Alec le maintient en place, baisant mes fesses avec son doigt alors que je tremble de tout mon corps. La sensation est différente, si brûlante et si délicieuse que j'en demande encore, reculant contre sa main, voulant qu'il y aille plus fort et plus vite encore.

– *Très belle**, chuchote-t-il contre mon clitoris.

Alec est infiniment doux avec mon sexe, mais il est sauvage avec mes fesses, plongeant en moi, me faisant remonter sur le lit avec la force de sa main. Jusqu'à maintenant, je ne savais pas que c'était quelque chose qui pouvait me faire envie et je m'en délecte. Mon Frenchie.

Alec s'agenouille sans cesser ses mouvements et il se concentre sur mon sexe, là où j'ai le plus besoin de lui. Je gémis et je ferme les yeux, consciente qu'il me regarde.

– Ouvre les yeux, dit-il.

Je lui obéis et je plonge mon regard dans le sien, qui est noir de désir.

– Je veux te regarder. Pour me souvenir de ton visage quand ta beauté intérieure brille le plus.

Il enfonce son doigt en moi tandis que de son autre main, il pince mon clitoris. Je pousse un cri, je soulève mes hanches et je m'envole, libre comme un oiseau après qu'Alec m'a donné des ailes.

Quelque part dans mon rêve, j'entends un bruissement de plastique et je sens une odeur de latex. Alec empoigne mes épaules et, soudain, je sens son sexe me pénétrer. Son jean râpe mes cuisses à chaque aller-retour. J'ai l'impression que le plaisir ne cessera jamais. Je ne me suis même pas encore remise de mon dernier orgasme. Je l'entoure avec mes bras et mes jambes, profitant de la chaleur de sa peau contre la mienne.

– *Chaud, soyeux et parfait**, chuchote-t-il avant de s'emparer de ma bouche.

Le sexe long et dur d'Alec est profondément enfoui en moi et j'aimerais qu'il y reste à jamais. Cependant, je veux qu'il jouisse, lui aussi, alors j'emploie toutes mes forces à le retourner pour m'asseoir sur lui et le chevaucher. Il empoigne mes hanches et m'aide à me soulever et à m'asseoir sur lui. Il est magnifique dans cette position, les muscles de ses avant-bras se bandent à chaque va-et-vient de nos bassins, et une fine couche de sueur recouvre son abdomen musclé. Je me penche en avant pour laper et sucer son téton.

– *Putain, oui** ! s'exclame-t-il en serrant les dents.

Je continue de titiller son téton jusqu'à ce qu'il soit pourpre et dur, puis j'accorde la même attention à son jumeau. Alec saisit mes hanches, m'indiquant qu'il a besoin que j'y aille plus fort. Je me redresse, je rejette mes cheveux en arrière et je le chevauche aussi fort et vite que je le peux. Chaque fois que je me rassieds sur lui, mon clitoris se frotte à son bassin, envoyant des décharges de plaisir dans mon sexe que je contracte autant que possible.

Il parle dans un français rapide que je ne comprends pas. Il s'assied et pousse sur ses pieds jusqu'à ce qu'il soit adossé à la tête de lit. Il recule mon corps et prend le contrôle de mes mouvements, les yeux rivés sur le point de rencontre de nos corps. Je voulais que tout cela soit pour lui, mais mon corps est de nouveau en train de s'envoler, et Alec le sait. Il avance la tête pour prendre un téton dans sa bouche et il le suce fort, longtemps, jusqu'à ce qu'il ne puisse plus se contrôler.

Il plaque sa tête contre le cadre en bois et je m'y agrippe pour avoir encore plus de puissance. Je nous fais chavirer tous les deux, nous plongeant dans un océan de plaisir où le seul bruit est celui de nos gémissements. Mes muscles se contractent sur sa verge avec une force que je n'ai jamais connue auparavant. Il me tient contre lui, soulevant son bassin contre le mien tandis qu'il tremble de plaisir.

Nous restons ainsi un moment, sans changer de position. Il promène ses mains dans mon dos, sur mes bras et mes cuisses, comme s'il avait besoin de me toucher pour être sûr que j'existe vraiment.

Je le comprends, lorsque l'on s'abandonne ainsi et que le plaisir est aussi intense, il est dur de revenir à la réalité.

Peu à peu, les battements de nos cœurs s'apaisent et je passe mes bras dans son dos pour le tenir contre moi. Il ne me lâche pas non plus et il me touche et m'embrasse partout où il le peut. C'est agréable, très agréable, pour être tout à fait honnête.

L'espace d'un instant, cela me fait penser à Wes, mon Wes magnifique, adorable, et terre à terre. Le seul homme dont je crois que je pourrais vraiment tomber amoureuse. J'inspire profondément et je retiens mes larmes, car je ne le trompe pas. Je ne trompe pas Wes. Cependant, j'ai beau me le répéter, je ne peux effacer la culpabilité que je ressens.

– Qu'y a-t-il ? demande Alec en me faisant reculer pour voir mon visage.

Je secoue la tête, refusant de lui dire ce à quoi je pense.

– Je me détendais dans tes bras, c'est tout, je réponds en lui embrassant le nez. On devrait s'occuper de la... euh...

Je baisse la tête et Alec suit mon regard.

– Ah, la capote, oui. Je m'en charge.

Je m'assieds sur le matelas à côté de lui, puis il se lève, enlève la capote et la jette à la poubelle alors que je m'allonge sur le dos en poussant un grognement.

– Qu'est-ce qu'il y a ?

– Il faut que je fasse pipi, je marmonne.

Il éclate de rire et, avant que je n'aie pu dire quoi que ce soit, il me prend dans ses bras comme il aime tant le faire et me porte jusqu'à la salle de bains. Il me pose devant les toilettes, puis il repart vers la porte.

– Je nous prépare de quoi manger, *oui** ?

– *Oui**, je réponds, le faisant rire tandis qu'il referme la porte derrière lui.

Lorsque j'ai fini, je prends la robe de chambre rouge bordeaux qui est suspendue au crochet derrière la porte. Elle est douce et épaisse, il se pourrait que je n'aie plus jamais envie de l'enlever.

Je sors de la salle de bains à cloche-pied et sautille jusqu'à la cuisine, où je trouve Alec tenant un plateau dans une main et deux verres de vin dans l'autre. Il est toujours à poil, mais je ne vais pas me plaindre.

– *Un moment**, dit-il en montant les escaliers.

Deux secondes plus tard, il revient à moi en courant, son sexe saute dans tous les sens.

– Quoi ? demande-t-il en souriant lorsque j'éclate de rire.

Il me prend dans ses bras et me porte à l'étage.

– Je vois que tu as trouvé mon peignoir, dit-il d'une voix faussement austère.

Il me repose sur mon pied et défait le nœud de la ceinture.

– C'est inacceptable, poursuit-il. Je te l'ai déjà dit, *ma jolie**, j'ai besoin de voir ton corps nu.

Je le laisse m'enlever la robe de chambre, puis je remonte sur le lit et je me mets à l'aise. Il pose le plateau devant nous et me tend un verre de vin dont le riche parfum de fruits rouges réchauffe déjà mon ventre. Sur le plateau qu'il a apporté, il y a une sélection de salamis, de petits cubes de cheddar, des raisins verts et des fraises. Mon estomac gargouille bruyamment tandis que je me demande par quoi commencer, et je décide de goûter au fromage, qui va divinement bien avec le vin.

– Merci, je dis en tirant le drap pour couvrir ma poitrine.

– Pour quoi ?

– Pour ça, pour ce soir, je dis en prenant une fraise. Merci de me peindre et de partager ton travail avec moi. C'est un honneur d'être ici avec toi.

– Tu es ma muse, Mia, dit-il en caressant ma joue. Ta place est ici.

CHAPITRE 5

Après avoir mangé, nous batifolons un moment, apprenant à nous connaître en nous embrassant et nous caressant. À la suite d'un long baiser particulièrement langoureux, je m'appuie sur le torse d'Alec et le serre dans mes bras.

– Tu sais que tu ne parles quasiment qu'en français quand on baise ?

– Je ne baise pas, *chérie**, répond Alec en se crispant. Je te l'ai dit, je te fais l'amour, je fais l'amour à ton corps, dit-il d'une voix sérieuse que je n'explique pas. Et je parle français parce que tu me fais perdre la tête et que je me perds en toi, dans ton corps sexy.

Je dégaine mon sourire le plus coquin et je réfléchis à cette histoire de baiser versus faire l'amour.

– Ça ne complique pas les choses, de parler d'amour ? Est-ce que toutes les femmes ne tombent pas amoureuses de toi si tu leur parles ainsi ?

– J'espère bien, répond-il en caressant mon bras.

– Attends, tu veux que je tombe amoureuse de toi ? je demande en levant la tête pour plonger dans ses beaux yeux.

– Bien sûr, pas toi ? répond-il d'un air confus.

Je secoue vivement la tête.

– Non, pas du tout. Je veux m'amuser avec toi, et après, je passerai à un autre client avec qui je coucherai peut-être.

– C'est pareil pour moi, dit-il sans sembler comprendre où se situe le problème.

– Alors, si je comprends bien, tu veux que je sois amoureuse de toi, même si tu sais que je vais partir pour être avec quelqu'un d'autre. C'est ça ?

Il hoche la tête en souriant innocemment.

– Et toi, tu vas tomber amoureux de moi, mais quand je partirai, tu vas baiser comme un lapin avec une autre nana.

– Baiser comme un lapin ? répète-t-il en souriant jusqu'aux oreilles.

– Concentre-toi, je gronde en frappant son torse.

– Je ne peux pas me concentrer quand tu parles d'amour et de sexe. Pour moi, les deux vont ensemble. D'ailleurs, on devrait les rassembler de nouveau, tu ne crois pas ?

Alec m'attrape par la taille pour m'allonger sur lui et je découvre qu'il bande déjà. Il empoigne mes fesses et appuie mon bassin contre le sien.

– Est-ce qu'on a fini de parler, *ma jolie** ? J'aimerais te refaire l'amour.

– Non ! je rétorque en m'asseyant à cheval sur lui et en croisant les bras. Je ne te comprends pas, Alec.

– Qu'y a-t-il à comprendre ? Je te fais l'amour, et chaque jour, je tombe un peu plus amoureux de toi.

– Ok, approfondissons cela. Tu m'aimes un peu plus chaque jour, mais ça ne te gêne pas de me laisser partir ?

– Si tu voulais rester, je ne m'y opposerais pas, dit-il, sarcastique.

– Tu ne t'y opposerais pas ? je m'exclame. Je ne te comprends pas, Frenchie !

Il saisit mes épaules et me plaque contre lui, puis il nous fait rouler pour être sur moi, et il m'embrasse en frottant son érection sur mon sexe. J'ai beau respirer lentement pour ne pas me laisser distraire, ça ne marche pas.

– Laisse-moi t'expliquer, *oui** ?

– Je t'en prie, *oui** !

– Les Français font l'amour. Je fais l'amour. Je dois avoir des sentiments pour toi si je veux te faire l'amour, *oui** ?

– *Oui**, je répète.

Jusque-là, c'est assez logique. Ce qui n'a aucun sens, c'est de tomber amoureux l'un de l'autre et de se séparer ensuite. C'est précisément pourquoi il était si dur pour moi de quitter Wes, car même si je n'aime pas l'admettre, j'ai des sentiments pour lui. Et maintenant, voilà que le Frenchie veut que j'aie des sentiments pour lui aussi ?!

– Donc, poursuit Alec, pour avoir cette intimité avec toi, je dois t'aimer un peu. Mais ça ne m'empêchera pas de te laisser partir. Et quand tu ne seras plus avec moi, tu auras toujours une partie de mon amour avec toi, dans ton cœur. Pour toujours. Ce morceau de mon amour est à toi jusqu'à la fin de tes jours.

Je dois reconnaître que sa théorie est assez belle, cette idée que le sexe lui permet d'offrir un peu de son amour à une femme et que cet amour sera à elle pour toujours.

– Donc, si je comprends bien, nous nous aimerons toujours, mais nous ne nous engageons pas auprès de l'autre comme un couple.

– *Oui**, exactement, *ma jolie** ! Tu as compris.

Je m'engage à t'aimer tant que tu es là et je te promets que mon amour restera avec toi toute ta vie. De mon côté, j'emporterai ton amour partout où je vais. Nous saurons toute notre vie que cette relation était construite sur la confiance, l'amour et l'amitié, dit-il avant de m'embrasser. Dans la vie, ce sont les seules choses qui comptent.

J'ai soudain les larmes aux yeux. Je cligne des paupières et une larme solitaire s'échappe, qu'Alec essuie avec son doigt.

– Est-ce que je peux t'aimer, maintenant ? demande-t-il avec une simplicité qui résonne profondément dans mon cœur.

– Oui, Alec. J'aimerais beaucoup que tu m'aimes, je dis en ravalant le nœud dans ma gorge.

C'est donc ce qu'il fait. Il m'aime toute la nuit, ou du moins jusqu'à ce que je m'endorme, m'offrant le réconfort dont j'avais besoin pour oublier ce qui s'est passé plus tôt dans le loft, ainsi que la culpabilité qui me ronge vis-à-vis de Wes.

Alec et moi allons nous aimer comme des amis et nous traiter avec respect. Nous allons profiter du corps et de l'esprit de l'autre, et à la fin du mois, nous nous dirons adieu. Nous aurons toujours de l'affection l'un pour l'autre et notre amour ne nous quittera jamais, comme un souvenir qu'on peut revisiter lorsqu'on en ressent le besoin.

Je trouve cela parfait et je décide de m'autoriser à m'attacher à chacun de mes clients, mais à ma manière. Je ne promettrai pas de les aimer pour toujours, car cette promesse est sacrée et elle ne peut être faite qu'au bon moment et avec la bonne personne.

Je repense à Wes et à combien il me manque. À la lumière de ce que dit Alec, je vois maintenant que j'ai passé tout le mois à essayer de ne pas tomber amoureuse de Wes, à me protéger. Cependant, ça n'a pas marché, car j'aime Wes, à ma façon. Et je crois qu'il m'aime aussi. Seulement, avec lui, je crois que ça pourrait être un amour pour toujours, et c'est pour cela que j'ai dû partir. Nous tenons énormément l'un à l'autre, et si nous sommes faits pour être ensemble, nous avons le temps d'y penser. En attendant, je vais profiter de mon Français et de toutes les expériences que je vais vivre d'ici la fin de mon année d'escort.

* * * *

Le lendemain, lorsque je descends à l'atelier, il est de nouveau plongé dans le silence. Je commence à comprendre le schéma de travail d'Alec : un jour, il prend les photos et le suivant, lorsqu'il peint, il libère ses employés pour travailler seul. Au fur et à mesure que j'avance dans le loft, j'entends une musique envoûtante, une voix sublime et des notes de piano qui résonnent dans l'atelier. La chanteuse est pratiquement en train de chuchoter, et le morceau est si beau que c'en est perturbant. Des instruments à corde s'y mêlent alors, et je ferme les yeux, me laissant imprégner par la musique.

Click. J'ouvre brusquement les yeux et je trouve Alec devant moi, son appareil photo à la main.

– Je n'ai pas pu m'en empêcher. Tu étais trop belle et gracieuse dans cette lumière. Il fallait que je capture ce moment.

Je penche la tête sur le côté en souriant.

– Tu as eu ce que tu voulais ? je demande sur un ton ironique.

– Et toi ?

J'inspire lentement et je regarde autour de moi.

– Viens, il y a beaucoup à faire, dit Alec en tournant les talons.

Je le suis et je m'installe sur ma chaise, face à mon portrait qui me coupe le souffle. Cette fois-ci, la toile est orientée en mode paysage. La première moitié est une sérigraphie, l'autre est une peinture qu'il a dû faire dans la nuit après que je me suis endormie.

– Comment... ?

C'est un tableau de moi face à la photo qu'il a prise hier. Mon front est à quelques centimètres de la toile, et il a peint ma main sur le cœur de la photo. Jamais je n'ai vu un tel mélange de techniques, je comprends sa renommée mondiale et pourquoi les gens sont prêts à payer une fortune pour son art. Dire que maintenant je fais partie de son art... Je suis sa muse !

– J'ai très peu besoin de dormir et j'étais inspiré par ton corps. Il fallait que je le peigne.

– Tu veux dire qu'on a fait l'amour et que l'expérience t'a tellement inspiré que tu es descendu peindre ça ?

– *Oui**. Ton corps nu, te faire l'amour, m'a donné toute l'énergie dont j'avais besoin pour créer cette image, mon cadeau au monde entier. Tu comprends maintenant, *oui** ?

J'étudie le tableau en noir et blanc, où on aperçoit une touche de mes seins nus. Je vois ma joie tandis que mon image touche le cœur triste de la veille. C'est comme si mon *moi* heureux venait consoler mon *moi* triste. J'en ai la chair de poule.

Alec peint de nouveau mes lèvres tandis que je continue d'admirer ses tableaux, envoûtée, incapable de détourner le regard, comme s'ils avaient une emprise sur mon cœur. Mon rythme cardiaque accélère et j'ai les larmes aux yeux. Alec prend ma main, puis il me soulève et me porte jusqu'au tableau. Cette fois-ci, ce ne sont pas mes lèvres que j'embrasse.

– Embrasse la toile ici, dit-il en désignant la main qui recouvre le cœur de la deuxième image.

Je me penche et j'embrasse le canevas, laissant l'empreinte parfaite de ma bouche sur la main peinte. Alec remet une couche de peinture rouge sur mes lèvres, puis il désigne le coude sur l'image, et je l'embrasse. Il repeint mes lèvres, et j'embrasse l'épaule, puis le dos de mon image. Encore une couche de rouge. Nous répétons l'opération plusieurs fois, jusqu'à ce qu'il y ait des baisers partout sur le tableau qu'il a peint pendant la nuit. C'est bizarre, mais cela rajoute une nouvelle dimension à son œuvre, les baisers rouge vif contrastant avec le noir et blanc des photos et du tableau.

Lorsque nous avons terminé, il me porte sur ma chaise et essuie délicatement mes lèvres avec des lingettes pour bébé, puis il me donne une bouteille d'eau et du baume à lèvres. Il pense vraiment à tout.

Il traverse la pièce, me laissant avec la musique et les tableaux que je continue d'étudier. Celui du premier jour montre mon visage triste, la larme sur ma joue et le baiser rouge sur mes lèvres. À sa droite, la photo de moi est la même, mais on me voit face à cette photo, ma main sur le cœur de la toile, couverte de la tête aux pieds par des traces de lèvres rouges.

La lumière au-dessus des tableaux est vive, elle semble naître au centre des images pour éclater vers l'extérieur, accentuant le contraste entre le blanc, le noir et le rouge, ainsi que la différence de textures.

– Tu as compris la signification ? demande Alec.

Je tourne la tête et je le dévisage pendant un long moment tandis qu'il analyse ses créations. C'est lui qui aurait dû être le sujet de ses tableaux, lui qui est si grand, si fort et si viril.

– Alors, *ma jolie** ?

Je secoue la tête en me concentrant de nouveau sur les tableaux.

– Je vois que c'est magnifique et que ça me touche.

– Ça te touche ?

– Oui, je chuchote en me focalisant sur la première image. Dans celle-ci, j'ai l'air triste, mais c'est plus que ça. Il y a un sentiment de dévastation sous-jacent, une tristesse si profonde dans les yeux que tu as peints que je pourrais presque croire que je ne serai jamais heureuse. Que cette femme ne connaîtra jamais le bonheur.

J'essaie de prendre du recul par rapport au tableau, mais c'est impossible, et j'ai l'impression que c'est justement ce qu'il souhaite.

– Oui, dit-il. Quand j'ai capturé ton image, j'ai ressenti une souffrance, et c'est comme ça que j'ai su que la photo était la bonne. L'art doit émouvoir celui qui l'observe, que ce soit des sentiments de joie ou de tristesse, de colère ou d'amour. Au quotidien, tout ce que nous voyons nous émeut d'une façon ou d'une autre. Ce tableau t'a touchée de la manière que j'espérais.

– Pourquoi ? Pourquoi tu voudrais qu'une personne ressente une tristesse qui est si profonde qu'elle ne s'en remettra peut-être jamais ?

– Parce que je veux que le public le ressente. Le tableau s'appelle « Pas d'amour pour moi ».

Ces mots transpercent mon cœur comme une flèche et mes larmes se mettent à couler sur mes joues.

– Et celui-là ? je demande en craignant la réponse.

– Que ressens-tu en le regardant ?

Je regarde rapidement la triste photo de moi et je détourne les yeux.

– De la honte.

Sa mâchoire semble se crisper et il hoche légèrement la tête. Je me concentre de nouveau sur la main qui est posée dessus.

– De l'espoir, j'ajoute.

Il continue de me dévisager sans rien dire, et je regarde alors tous les baisers sur la Mia qui tend la main vers la première Mia triste.

– De l'amour, je conclus en haussant les épaules.

Alec vient vers moi et s'agenouille à mes pieds avant de prendre mon visage dans ses mains et de m'embrasser tendrement.

– Tu as vu ce que je voulais que tu voies : la honte, l'espoir, l'amour, dit-il en me regardant d'un air émerveillé.

– Mais pourquoi ? Ces choses sont véritablement dures à comprendre.

– Tout comme l'art, parfois. Tout repose dans les yeux de celui qui l'observe. Ce que tu vois, ou ce que je vois, sera peut-être différent de ce que verra une autre personne, et c'est tout l'intérêt.

– Tu lui as donné un nom ?

Il hoche la tête.

– Comment ?

– Comme je veux que les gens le perçoivent.

Je déglutis en attendant qu'il s'explique, ce qu'il ne fait pas.

– C'est-à-dire ? j'insiste.

Il promène son doigt de ma tempe à ma bouche en suivant sa main des yeux.

– « S'aimer soi-même ».

CHAPITRE 6

Durant la semaine suivante, Alec et moi tombons dans une routine : il prend les photos, nous mangeons, nous faisons l'amour. Ou bien : il peint, nous mangeons et nous faisons l'amour. Nous n'avons toujours pas quitté l'immeuble, et il pleut presque tous les jours. Le soleil de Malibu me manque, comme la possibilité de nager, d'aller me balader ou de surfer. Ce qui me manque le plus, en dehors de ma famille, c'est Wes. Je ne dis pas qu'Alec n'est pas super, mais, même si nous nous entendons bien et que le sexe est génial, il n'y a rien de plus à notre relation que le travail et la baise. Il a beau parler de « faire l'amour », pour moi, c'est du sexe, et j'adore.

Ça pourrait être pire, je suppose, il pourrait me traîner dans des musées ennuyeux pour me faire voir les œuvres d'autres artistes.

Aujourd'hui, Alec ne veut pas que je descende à l'atelier avant ce soir, ce qui est nouveau, puisque d'habitude il veut que j'y aille dès que je suis levée. Sa nouvelle requête est problématique, car lorsque je suis seule, je ne peux m'empêcher de penser à toutes les personnes qui me manquent : comme mon père, qui ne s'est toujours pas réveillé. Il a été transféré dans une unité de soins payée par l'État, et Gin dit que l'endroit n'est pas mal. Apparemment, elle et Maddy y vont tous les deux ou trois jours pour lui lire le journal ou simplement lui tenir compagnie. Elle m'a envoyé une photo de lui, allongé dans son lit. Les hématomes sur son visage ont disparu, mais il est toujours dans une sorte de plâtre qui le couvre des épaules jusqu'aux pieds. Sur cette photo, c'est comme s'il dormait, on ne voit pas s'il se bat pour survivre. Les médecins ne connaîtront l'état de sa santé mentale que s'il sort du coma. Quand il sortira du coma, inutile de projeter des ondes négatives dans l'univers. Je ne crois pas à ces conneries, mais on ne sait jamais.

Je parcours ma liste de contacts et j'appelle Maddy, à qui je n'ai pas parlé depuis plus d'une semaine.

– Coucou, répond la voix chantante de Maddy.

Immédiatement, l'étau sur mon cœur semble se desserrer.

– Salut Mads, comment tu vas ?

J'entends un bruissement de feuilles et une fermeture Éclair.

– Boh, je me prépare à aller en cours.

– C'est un cours de quoi ?

– De médecine légale.

Je me passe la main dans les cheveux en ramenant le plaid sur mes épaules.

– Attends, c'est pas l'étude des cadavres, ça ?

– Ouais, enfin techniquement, le but est de déterminer la cause exacte de la mort en étudiant le cadavre. L'autopsie est faite par un médecin légiste, et c'est souvent dans le cadre d'une enquête pour meurtre ou dans certaines affaires de...

Ma petite sœur continue de parler, mais je ne l'écoute plus, m'étant arrêtée au mot « cadavre ».

– Tu vas découper des morts ? je m'exclame d'une voix choquée.

Qui pourrait avoir envie de faire ça ? Je sais que c'est un métier, bien sûr, et que c'est nécessaire pour résoudre des enquêtes pour meurtre, et caetera, mais je n'ai aucune envie que ma petite sœur découpe des morts ! J'en ai la chair de poule.

– Un cadavre, oui, et ça fait partie du programme. On doit tous suivre une variété d'options, et j'ai choisi celle-là. C'est super-intéressant, tu ne croiras jamais les trucs tordus que font les gens !

– Je sais ce que font les psychopathes, et je n'ai aucune envie que ma petite sœur soit liée à ce genre d'horreurs. Tu es un petit ange, Maddy, je ne veux pas que tu sois corrompue par les ordures de ce monde.

– Mamma Mia, tu ne pourras pas me protéger toute ma vie. J'ai dix-neuf ans, tu sais. Et puis, tu n'as que cinq ans de plus que moi.

– Ça ne m'a pas empêchée de m'occuper de toi jusqu'à maintenant ! je rétorque.

– Mia, je ne sais pas encore quel type de scientifique je veux être...

– Le genre qui guérit les cancers et qui invente des nouvelles pilules qui me feront rester maigre pour toujours ! Pas le genre qui voit des morts tous les jours !

Je me redresse sur le canapé. Il est hors de question que Maddy soit entourée par les horreurs de ce monde. Nous en avons connu assez durant notre enfance, et j'ai tout fait depuis qu'elle a cinq ans pour qu'elle ne voie que la lumière et la beauté qui l'entourent.

– Tu sais que je t'aime, dit-elle doucement de cette voix qui me fait toujours céder. Je sais que tu veux le meilleur pour moi, et je...

Elle marque une courte pause avant de poursuivre.

– ... Mia, je dois choisir moi-même ce que je vais faire de ma vie, d'accord ? Promets-moi de me laisser décider toute seule.

Qu'elle décide de quelque chose toute seule ? Ma petite sœur ? Faire quelque chose sans moi ? Sans que je sois là pour la guider, la protéger, la sauver si nécessaire. Je ne comprends pas, mais je fais taire la voix qui panique dans ma tête et je fais de mon mieux pour la soutenir.

– Je veux que tu sois heureuse, Mads. Promets-moi simplement d'envisager toutes les options.

– Oui, bien sûr ! Je suis aussi un cours de botanique et c'est fascinant ! s'exclame-t-elle en retrouvant son ton joyeux.

– C'est quoi, la botanique ?

Mon Dieu, je me sens bête d'avoir à demander à ma petite sœur ce que veut dire un mot. Je l'ai déjà entendu, mais je ne sais pas dans quel contexte.

– C'est la science des plantes, répond-elle en riant.

Elle vient vraiment de dire la science des plantes ? Elle passe de l'étude des morts à celle des plantes ?

– Les plantes ? je demande.

– Ouais, c'est super-cool, en fait ! Pour l'instant, on étudie le lien des plantes et des fleurs avec leur environnement. Ensuite, on va passer à l'horticulture, où on apprendra à cultiver les plantes et les fleurs pour la nourriture et la décoration.

Ça me paraît tout aussi bizarre, mais bien moins dangereux et beaucoup plus mignon.

– Je préfère ça, petite sœur.

– J'étais sûre que tu me dirais ça. Eh Mia, je suis en binôme avec un mec, et mon Dieu, il est canon ! s'exclame-t-elle en riant, comme la jeune fille qu'elle est.

Voilà enfin un sujet dont je peux parler.

– C'est vrai ? Allez, raconte-moi tout !

Et c'est ce qu'elle fait. Elle m'explique que ça fait deux semaines qu'ils flirtent, mais qu'il n'a pas encore osé lui demander de sortir avec lui. Il a un an de plus qu'elle et il s'est spécialisé dans la science des plantes. Ça me plaît, ça veut dire que c'est un intello. Je suggère à ma petite sœur de faire le premier pas, et elle panique, car il est hors de question qu'elle demande à un mec de sortir avec elle, ce dont je suis plutôt fière. Cependant, je suis encore plus fière qu'à dix-neuf ans elle soit toujours vierge. Elle a hésité à coucher avec un ou deux garçons, mais nous en avons discuté à l'époque, et elle a décidé qu'ils n'en valaient pas la peine. Je voulais que ce soit quelque chose de spécial, pas comme moi, qui étais ivre à l'arrière de la voiture de mon copain du lycée, juste avant qu'il ne me quitte pour la pom-pom girl avec des seins plus gros et un QI bien plus petit.

J'ai pensé qu'il serait utile de lui parler des moments pourris de ma vie si cela signifie qu'elle apprenne à se protéger. Maddy est la plus belle chose à laquelle je me sois consacrée, et je suis déterminée à m'assurer qu'elle réussira. Pour nous deux.

Je me sens beaucoup mieux après avoir parlé à Maddy. Je sais qu'elle s'en sort bien à la fac, qu'elle a trouvé un bel intello avec qui flirter et que les factures sont payées. Je me sens en paix. Je suis certaine, à présent, que j'ai fait le bon choix en acceptant ce boulot d'escort. Maddy a de l'argent sur son compte en banque, le frigo est rempli et je suis à jour dans mes paiements pour Blaine. Je suis de bonne humeur lorsque je sors de la douche et je suis en train de sécher mes cheveux avec la serviette lorsque j'entends mon téléphone sonner. Je sautille jusqu'aux toilettes, où je m'assieds pour lire le message.

De : Wes Channing
À : Mia Saunders
Alors, c'est comment, Seattle ?

Mon cœur bat la chamade et mon ventre fait un saut périlleux en voyant le nom de Wes sur mon écran. Je suppose qu'il cherche à me montrer que nous pouvons être amis, puisque c'est ce que nous avons décidé. Je réfléchis quelques minutes à ma réponse, accablée de culpabilité d'avoir couché avec Alec. Cependant, je la range de côté, car je dois traiter Wes comme un ami, et inversement. Certes, j'ai des sentiments pour lui et j'adorerais être avec lui, mais ma vie ne le permet pas, et ce sera ainsi durant les dix mois à venir.

De : Mia Saunders
À : Wes Channing
Humide. Tu savais qu'il pleuvait presque tous les jours, ici ?

Là. Voilà, ça devrait faire l'affaire. Un message court. Amical. Je relis plusieurs fois ma réponse, puis je l'envoie. J'ai la tête penchée en avant sous le sèche-cheveux lorsque mon téléphone sonne de nouveau.

De : Wes Channing
À : Mia Saunders
Tout le monde sait ça ! Il pleut presque autant qu'il fait beau. Bon, j'avoue, j'ai regardé la météo sur Internet. Tu auras du soleil dans quelques jours. Bien sûr, tu pourrais venir à Malibu, où le soleil brille et la piscine est chaude.

Bien évidemment. Je ne suis pas surprise qu'il m'invite à revenir. Je me demande si ce sera toujours ainsi entre nous : simple et, plaisant, avec le désir d'une histoire sérieuse juste en dessous de la surface.

De : Mia Saunders
À : Wes Channing
Pardon, Monsieur Météo, j'aurais dû le savoir. Merci pour l'info, Malibu en janvier était chouette. J'y referai peut-être un tour en janvier prochain ;)

J'ajoute un clin d'œil pour alléger ma réponse, car même si nous en avons parlé, je ne peux pas lui faire de promesse. Il me reste encore dix mois à travailler et je ne sais pas ce qui peut m'arriver.

De : Wes Channing
À : Mia Saunders
Alors, j'attends ta visite avec impatience. Reste au sec, ma chérie.

Je ne réponds pas, car je ne peux pas répondre. Wes incarne tout ce que je cherche chez un homme – et plus encore –, mais il n'est pas à moi. Il le sera peut-être un jour, mais pas maintenant. Ça m'a fait plaisir de lui écrire car ça m'a rappelé qu'une belle histoire m'attendait peut-être à la fin de cette année, mais pour l'instant, c'est un artiste sexy qui occupe mes journées et mes nuits.

* * * *

À dix-huit heures, je prends l'ascenseur pour rejoindre Alec. Je ne l'ai pas vu de la journée, ce qui n'est jamais arrivé jusqu'à présent. Cependant, j'ai aimé avoir du temps pour moi, car ça fait deux semaines que nous sommes collés l'un à l'autre. Je vois Alec bouger dans le coin opposé à celui où nous avons travaillé les jours précédents. Il est derrière son appareil et il est en train de prendre en photo un homme qui se tient debout devant une toile blanche. Ah ! Un homme nu, et bien monté. Waouh. Ce n'est pas la première fois que je vois un homme à poil, bien sûr, mais je suis rarement face à des types aussi musclés dont le sexe se dresse à la verticale.

Je fais de mon mieux pour ne pas faire de bruit avec mes béquilles et j'avance discrètement vers eux.

De temps en temps, l'homme ferme les yeux et branle doucement son érection. Il se lèche les lèvres et avance le bassin tandis qu'Alec enchaîne les photos en l'encourageant.

– *Oui**, comme ça.

– Cambre-toi plus, fais comme si tu faisais un spectacle pour une femme.

– C'est ça, lâche ton sexe et mets tes deux mains derrière la tête.

J'ai l'impression d'être une voyeuse en regardant cet homme se branler devant la caméra d'Alec. La scène est érotique et chargée d'une tension sexuelle qui envahit le loft entier, à tel point que je me sens déjà mouiller ma culotte.

– Fini, déclare Alec.

Il attrape un peignoir qu'il jette au modèle. Ce dernier l'enfile et regarde les images que lui montre Alec sur son appareil.

– Ce ne seront pas des photos, je vais les peindre, *oui** ? Tu es d'accord ? demande Alec.

L'homme hoche la tête.

– Vous faites du bon travail, répond-il. Au début, je pensais que ça allait être comme du porno, mais ça n'a rien à voir.

– Non, en effet, dit Alec en frappant l'homme sur l'épaule. Tu es prêt pour la femme ? demande-t-il.

Je tourne la tête à la recherche d'une autre femme dans la pièce et ma chaussure râpe le sol en béton, attirant le regard des deux hommes.

– Salut, je dis bêtement en leur faisant un signe de la main.

Heureusement, il fait sombre là où je suis et ils ne peuvent pas me voir rougir.

– Mia, viens ici. Je te présente Aiden. Il va poser avec toi, *ma jolie**.

Les paroles d'Alec me font l'effet d'un seau d'eau glacée jetée au visage.

– Euh, quoi ?

Alec vient vers moi et me guide vers Aiden, qui me serre la main.

– Enchanté de faire ta connaissance, Mia. J'ai hâte de travailler avec toi ce soir, dit-il gentiment.

Ok, donc il est gentil, musclé et canon ? Dieu doit être une femme sans cœur pour créer Aiden, Alec et Wes – trois hommes parfaits – et les mettre sur mon chemin à quelques semaines d'intervalle.

Je grommelle un « bonjour » avant de me tourner vers Alec.

– Comment ça ? Je vais poser avec lui ?

– C'est pour « Amour interdit », *chérie**. Je vais vous prendre en photo en train de faire l'amour sur la toile.

Faire l'amour ?!

– Explique-toi... et *vite*, je gronde.

– Oh, *non**, vous n'allez pas *faire l'amour**, s'empresse-t-il de corriger. Pas vraiment, non, vous allez faire semblant pour la photo. Tu comprends, maintenant ? demande-t-il en prenant mon visage dans ses mains.

– Non. Pas du tout. Donne-moi plus de détails avant que je m'enfuie en courant, Frenchie.

Alec pince ses lèvres et pose ses poings sur ses hanches. Aiden s'assied en nous tournant le dos, ce que j'apprécie, car nous sommes plus tranquilles pour discuter.

– *Mon amour**, j'ai besoin de vous prendre tous les deux en photo, nus, en train de vous tenir comme des amants. Lorsque j'aurai ce qu'il me faut, je le peindrai. Après t'avoir fait l'amour, bien sûr, dit-il en effleurant mon nez avec le bout du sien. Ce sera ma plus belle œuvre. Toi et cet homme, qui est très viril, perdus dans les méandres de la passion.

Il se penche et m'embrasse brièvement, lapant ma lèvre avant de reculer, tentant clairement de me convaincre de faire quelque chose sans avoir à en parler davantage. Ce petit con de beau gosse français.

Je soupire et retire mes cheveux de mon visage.

– Tu as dit qu'on devait être nus, si j'ai bien compris ?

– *Oui**, tu sais que je dois voir le corps pour pouvoir le peindre. Mais aucune femme n'a un corps plus beau que le tien.

Il me regarde des pieds à la tête. Je n'ai pas mis de soutien-gorge, consciente que j'allais devoir l'enlever de toute manière, et son regard brûlant fait pointer mes seins sous mon caraco moulant. Ses mains effleurent mes côtes et ses pouces survolent mes tétons dressés.

– Je vois que cette idée te plaît beaucoup, dit-il.

– J'aime l'idée d'être avec toi, je précise en m'approchant de lui. Mais je ne connais pas cet homme.

Je trouve déjà suffisamment dur de me mettre nue devant Alec pour ses photos... et maintenant je dois me rouler par terre avec un autre homme, à poil, et faire semblant de faire l'amour ? Ça n'a rien à voir avec les photos qu'il a prises jusqu'à maintenant et où il n'y avait qu'Alec et moi.

Il me dévisage en attendant ma réponse, mais son regard est infiniment doux. Après tout... ce n'est pas comme si je devais coucher avec cet homme, je dois seulement faire semblant. Je tourne la tête vers Aiden, assis sur la chaise, jambes croisées, balançant son pied dans le vide.

– Très bien. Je veux bien essayer. Pour toi, je dis à Alec.

Je veux qu'il sache que ça ne me fait pas plaisir, mais que je le fais parce que j'ai confiance dans sa perspective d'artiste.

– Ok, Mia. Va là-bas et déshabille-toi. Aiden, donne-moi ton peignoir, dit Alec en retrouvant son ton professionnel.

Aiden se lève et enlève la robe de chambre, révélant de nouveau son magnifique corps nu. Même au repos, son sexe est impressionnant. Je me dis qu'il doit rendre les femmes sacrément heureuses et je rigole bêtement.

– Il y a un problème ? demande Aiden en fronçant les sourcils et en baissant les yeux avant de couvrir son sexe avec sa main.

J'écarquille les yeux en réalisant ce pour quoi il pense que je ris.

– Oh mon Dieu, non ! Tu as un superbe pénis... je veux dire... euh... je ne riais pas à cause de ta taille... euh... aaargh ! je m'exclame en levant les yeux au ciel.

Bon sang, Mia, maintenant le pauvre va douter de sa virilité.

– Pourquoi je ne peux jamais être normale ? je rouspète en soufflant longuement.

– Ça va, dis Aiden en riant. Ne t'en fais pas, je comprends.

Il tourne les talons et s'assied sur le drap blanc qui recouvre le matelas.

– Sans rire, Aiden, je me disais juste que tu étais canon et que tu devais rendre les femmes très heureuses, je dis en ouvrant ma braguette et en baissant mon jean.

– Ma copine ne se plaint pas, en tout cas, répond-il.

Il me lance un clin d'œil, et tout à coup, cette situation ne me semble pas si horrible. Il a une copine. L'idée qu'il n'est là que pour poser et qu'ensuite il rentrera auprès de sa copine me soulage énormément. C'est absurde, puisque je vais quand même me rouler par terre avec lui, mais c'est ainsi.

– Complètement nue, *ma jolie**, dit Alec en gravissant une échelle surplombant le matelas.

J'enlève mon caraco, libérant mes seins, et mes tétons durcissent immédiatement, seulement cette fois-ci, c'est parce que j'ai froid.

– Il y a un radiateur là-bas, donc tu auras chaud lorsque tu seras sur le matelas avec Aiden.

Je retiens mon souffle et je baisse ma culotte avant de boiter vers Aiden. Ma cheville est presque guérie, mais j'ai un peu mal lorsque je mets trop de poids dessus, donc je fais attention de ne pas trop m'en servir. Je m'assieds sur le matelas et je rampe timidement vers lui.

– Ne t'inquiète pas, tu as un corps canon, toi aussi. Tu es prête à ce que je te touche ?

Je me lèche les lèvres et je lève la tête vers les projecteurs au-dessus de nous. Je vois à peine la silhouette d'Alec et, soudain, une vague de peur m'envahit, recouvrant mon corps de chair de poule.

– Euh, je suppose, ouais, je dis sans en être convaincue.

– Mia, allonge-toi, dit Alec. Aiden, mets ton bras sous sa nuque pour qu'elle repose sa tête dessus. Mets ta main droite dans son dos pour la tenir contre toi.

Aiden se rapproche et s'étend sur le côté. Lorsque je baisse les yeux, je vois que son sexe a durci. Je déglutis, faisant de mon mieux pour effacer le malaise qui s'empare de moi en voyant son érection. Je sais qu'il est normal pour un homme d'être excité lorsqu'il voit une femme nue, mais ça n'empêche que ça ne me plaît pas. Du tout.

Pendant ce temps, Alec continue de crier ses ordres.

– Passe sa cuisse sur la tienne pour cacher ton sexe.

Aiden fait ce qu'on lui dit et prend mon genou pour le tirer par-dessus sa cuisse. C'est alors que sa queue se niche entre mes cuisses, et je grimace.

– Mia ! gronde Alec. Fais comme si tu tenais l'homme que tu aimes. Regarde-le dans les yeux.

Je grince des dents et je lève les yeux dans ceux d'Aiden. Ils sont chocolat et doux. Cependant, j'y vois précisément ce que je ne voulais pas y voir, du désir. Sa main remonte sur ma cuisse pour empoigner ma fesse. Je me crispe et j'entends le cliquetis de l'appareil photo au-dessus de nous.

– Mia, tu ne fais pas semblant, insiste Alec. Lève le cou. Maintenant, Aiden, embrasse lentement sa gorge. Plante tes ongles dans sa chair.

Nous lui obéissons, et alors qu'Aiden appuie son sexe plus fort contre moi, je sens une goutte tomber sur ma peau. Je suppose que c'est du liquide préséminal, puisque ça ne peut pas être autre chose, et je déglutis difficilement. Je commence à compter dans ma tête, espérant qu'Alec aura vite la photo qu'il désire et que nous en aurons bientôt fini.

– Ça ne marche pas du tout, dit l'artiste en descendant bruyamment de son échelle. *Ce n'est pas bon**. Pas bon du tout, dit-il en faisant les cent pas. Deux corps magnifiques entremêlés, ce devrait être *magnifique, non** ?

Alec se parle à lui-même et j'en profite pour m'écarter, m'asseyant plus loin en croisant les bras sur ma poitrine. Alec tourne la tête vers moi et plonge ses yeux dans les miens. C'est alors qu'Aiden touche mon épaule, et je tressaille. Alec le voit et comprend tout de suite.

– Aiden, tu peux partir, dit-il en allant lui chercher le peignoir.

– Et la photo ? J'ai vraiment besoin de cet argent, dit-il d'une voix inquiète.

– Tu seras payé, tu as fait du bon boulot. Ma vision est spécifique. La première pièce sera peinte.

– Vraiment ? demande Aiden, et son visage s'illumine.

Alec lui sourit et lui frappe l'épaule.

– Oui. Maintenant, tu dois partir. Je vais travailler avec ma muse.

Aiden part se changer dans la salle de bains et Alec me tend son peignoir personnel, ce qui me fait sourire. Je l'enfile et je m'assieds en tailleur sur le bord du matelas.

– Tu n'as pas aimé ce shooting, dit-il en s'asseyant à côté de moi.

Sans déconner, Sherlock, t'as capté ?

Je reste assise en silence, le laissant tirer ses propres conclusions.

– Il me faut vraiment cette photo, Mia. Alors, j'ai une idée.

– Ok… je chuchote d'une petite voix timide et inquiète.

Il promène sa main sur ma joue et plonge son regard dans le mien.

– Je serai ta muse pour cette photo.

CHAPITRE 7

– Toi ? Ma muse ?

Je ne comprends pas.

J'entends Aiden traverser le loft, ouvrir la grille de l'ascenseur et la refermer. Alec se lève et retire son t-shirt à manches longues, révélant son torse musclé qui n'est que plus beau dans la lumière vive de l'atelier. Il défait sa ceinture et baisse son jean. Comme d'habitude, il ne porte pas de caleçon. Je saisis ses hanches en me léchant les lèvres et je le regarde.

– Tu poseras avec moi. Je me servirai de ça, dit-il en me montrant un petit boîtier noir avec un bouton rouge qui me fait penser aux détonateurs de bombe que tiennent les méchants dans les films. Je vais poser avec toi. Comme ça, ce sera vraiment de l'amour sur toile.

L'idée présente en effet une quantité infinie de possibilités. Je souris d'un air machiavélique en remontant mes mains dans son dos pour le tirer à moi et embrasser son gland. Lorsque je l'ai léché sur toute sa longueur, je recule.

– Tu n'étais pas obligé de faire ça, tu sais, je murmure.

– Si, *ma jolie**. Tu n'étais pas à l'aise. Une seule grimace sur ton joli minois est déjà de trop. Je savais que l'idée était délicate, mais lorsque j'ai vu ton expression quand il t'a touchée, sachant ce que tu faisais pour moi… *non, ce n'était pas bien**. J'aurais dû m'en douter, tu t'es engagée auprès de moi, donc tu ne peux pas faire semblant d'aimer un étranger. L'amour, celui que je veux montrer à travers mon art, doit être *authentique**. Il doit être vrai, et il doit être offert volontairement.

J'avance la tête et je prends sa verge dans ma bouche pour lui montrer combien ses paroles me font plaisir. J'apprécie l'importance qu'il accorde à mon bien-être et le fait qu'il comprenne que je ne suis pas seulement en quête de bon temps. Il sait que je suis à lui, et seulement à lui, pour le mois à venir.

Alec penche la tête en arrière tandis que je l'avale aussi profondément que possible, et le cliquetis de l'appareil photo retentit. L'idée qu'il capture ce moment d'intimité m'excite encore plus et je n'ai plus qu'une envie – qu'il me prenne, ici, maintenant. Il continue de baiser ma bouche pendant un moment, puis, brusquement, il recule les hanches.

– C'est trop bon, Mia. Mais je dois nous prendre en photo pendant qu'on fait l'amour.

Je hoche la tête et je le regarde ramasser son jean pour en sortir une capote. Je suis à deux doigts de lui dire que je prends la pilule et que techniquement il n'en a pas besoin, mais quelque chose me dit que ce n'est pas une bonne idée. Il enfile le préservatif et vient vers moi, lentement, comme un prédateur. Il m'allonge sur le côté, comme il l'a fait avec Aiden. Cependant, cette fois-ci, je me rapproche de lui autant que possible, écrasant mes seins contre son torse.

– Je vois que tu n'as plus peur de l'appareil, dit-il en souriant.

– Tais-toi et prends ta photo, Frenchie.

Je m'empare de sa bouche alors que les flashs éclairent nos corps nus. Il promène ses mains partout sur mon corps, et lorsque le boîtier repose sur mon sein, le métal froid ajoute un frisson de plaisir à l'excitation immense que je ressens déjà.

– Et maintenant, le véritable amour, grogne-t-il.

Il prend ma jambe sur la sienne, aligne nos bassins et me pénètre lentement. Je penche la tête en arrière et je me cambre pour coller mon bassin au sien.

– *Oui, chérie**, prends mon amour, chuchote-t-il en empoignant mes fesses pour s'enfouir complètement en moi, touchant par la même occasion ce point qui me fait jouir instantanément.

Fini. Je m'envole. Mon orgasme parcourt mon corps de long en large et de bas en haut. Je tiens Alec fort contre moi, voulant être toujours plus près de lui, m'accrochant à cette vague de plaisir en essayant de ne pas m'y noyer. Les flashs illuminent mes paupières fermées, capturant ce moment de jouissance exquise. Lorsque je reviens sur terre, je le pousse sur le dos pour le chevaucher et je saisis le boîtier du déclencheur.

– Chacun son tour, je grogne en souriant.

Il ne rechigne pas, profitant d'avoir les deux mains libres pour jouer avec mes tétons, tirant et frottant jusqu'à les rendre brûlants. Je penche la tête en arrière, puis je me soulève et me rabaisse sur lui. Ses muscles se contractent, et je clique sur le boîtier. Ces photos ne sont peut-être pas pour son exposition, mais je ne serais pas contre en avoir une copie.

Je chevauche mon bel artiste avec une telle ardeur qu'il se met à haleter et à grogner. Cependant, j'attends qu'il commence à parler français pour lui accorder du répit, car ce n'est qu'alors que je sais qu'il a atteint un point de non-retour.

– *Ton sexe est si chaud**.

– *Je pourrais t'aimer toute la nuit**.

– *Encore, Bébé**.

La dernière phrase, j'ai appris ce qu'elle voulait dire depuis longtemps.

Cependant, je n'ai pas le temps d'accélérer, car il me fait rouler sur le dos. Mon Dieu, cet homme est un dieu du sexe, son endurance est épatante. Ses coups de bassin s'amplifient, frappant mon clitoris à chaque aller-retour, et je sens un nouvel orgasme se préparer. Nos corps sont en sueur et les projecteurs chauffent au-dessus de nous.

– Qu'est-ce que tu as dit en français ? je demande avant de mordre sa lèvre et de l'aspirer dans ma bouche.

– J'ai dit que ta chatte est chaude et que je pourrais te faire l'amour toute la nuit. Et je pense que c'est ce que je vais faire, *ma jolie**.

Ses va-et-vient accélèrent encore et nous ne parlons plus. Le boîtier a disparu lorsque je l'ai lâché durant mon deuxième orgasme. Alec passe sa main entre nous et son doigt masse mon clitoris. Je plante mes ongles dans la chair de son dos, griffant sa peau comme une furie, puis je passe mes jambes autour de sa taille pour le tenir contre moi. Il se redresse sur ses avant-bras, recule son bassin jusqu'à ce qu'il n'ait plus que son gland en moi, puis il s'enfouit de nouveau avec une violence inouïe. Mes orteils se recroquevillent et je me mets à trembler violemment sous la puissance de mon troisième orgasme. C'est violent et chaotique, et je pousse un cri strident qui se mêle bientôt à celui d'Alec. En plein orgasme, il nous fait rouler sur le côté, et *click*. C'est la dernière chose dont je me souviens avant de m'endormir.

* * * *

Je me réveille seule, couverte par deux peignoirs, bercée par de la musique classique. Je m'assieds lentement et je balaye l'atelier du regard à la recherche d'Alec. Je l'aperçois de l'autre côté du loft, en jean, torse nu. Miam. Les muscles de son dos se contractent et ondulent sous le mouvement de son pinceau. Je ne sais pas combien de temps j'ai dormi, mais Alec a presque fini le tableau d'Aiden. J'y vois le modèle tenir son érection, cambré, la tête en arrière la mâchoire crispée. J'avance vers lui sans faire de bruit, mais je crois qu'il ne m'entendrait pas de toute manière tant il est perdu dans son monde.

Je m'assieds en silence sur une chaise à une dizaine de mètres de lui, et je le regarde opérer sa magie. Il est méticuleux et ses coups de pinceau sont parfaits. Il peint rapidement, avec des gestes précis. J'ai l'impression que chaque mouvement est fait en rythme avec les notes du piano. De l'art musical, c'est magnifique. La vue, cet homme, ce tableau, le tout forme une expérience céleste que je n'oublierai jamais.

J'attends un long moment, mais je ne peux plus me retenir de le toucher, alors j'enlève mon peignoir et je le pose sur la chaise, puis je vais silencieusement vers lui. On dirait qu'il est en transe. Le tableau me semble fini, mais je n'ai pas l'œil d'un artiste. Mes seuls domaines de compétence sont les hommes, les t-shirts de concert et les motos, et encore.

Je passe délicatement mes bras autour de sa taille pour poser mes mains sur ses pectoraux, et je l'embrasse entre les omoplates. Son odeur est divine, un mélange de bois, de sexe, de transpiration et de peinture. Je sais que j'interromps un moment de création, mais ça ne semble pas le déranger. Je crois qu'Alec aime avoir mes mains sur lui. Ou plutôt, je le sais.

– Tu es beauté et lumière, je murmure en embrassant ses épaules et en promenant mes mains sur ses abdominaux.

Il a le corps d'un homme qui passe des heures à la salle de sport, mais je ne l'ai jamais vu faire d'exercice.

– *Non**, je suis caché dans l'ombre et je ne m'illumine que lorsque mon art est exposé. C'est toi qui m'éclaires. C'est le reflet de ta beauté que tu vois en moi, de la même manière que mon corps appelle le tien et que le tien appelle le mien.

Je défais lentement sa braguette et empoigne son érection. Dans cette position, sa verge me paraît énorme, presque trop grande pour mes mains. Je plonge mes dents dans la chair de son épaule, incapable de retenir mon désir pour lui.

Il pose sa palette et son pinceau et il baisse son jean sur ses chevilles. Je fais le tour de son gland avec mon pouce pour étaler son liquide préséminal, puis je le branle, tantôt vite et fort, tantôt lentement et délicatement. Il prend ma main et la porte à sa bouche pour lécher et sucer chacun de mes doigts et la paume de ma main. Il la guide de nouveau sur sa verge et me montre avec quelle pression le serrer, comment le branler, bien plus fort que je n'aurais osé le faire. Lorsque j'atteins le rythme qu'il souhaite, il lâche ma main.

Il se remet à parler français et il appuie ses mains contre le mur. Je n'ai jamais trouvé sa langue maternelle aussi belle que lorsqu'il est perdu dans l'acte. J'aime l'entendre plus que je ne daignerais l'avouer. Je serre fort son sexe en remontant lentement vers son gland, puis je descends brusquement, recommençant encore et encore. Il gémit, puis il tend un bras en arrière pour le passer entre mes jambes où je mouille déjà.

Ses doigts tournoient autour de mon clitoris avant de plonger en moi. Je retiens mon souffle et je remonte ma main pour m'accrocher à son épaule pendant que mon autre main continue de le branler. Il parle français, je parle anglais, chuchotant tous deux nos mots d'amour. Mon sexe se contracte sur ses doigts, lui signalant mon orgasme au moment où son pénis se couvre d'une couche de liquide. Je l'étale sur toute sa longueur et, soudain, je tressaille, surprise par la violence de ma jouissance. Ma chatte emprisonne ses doigts et ma main enserre sa verge. Nous nous cambrons l'un contre l'autre, parcourus de spasmes, tandis qu'il éjacule sur ma main et le sol en béton. Je mords son dos et il grogne comme un animal.

Lorsque nos souffles et les battements de nos cœurs ralentissent, je lèche l'endroit où mes dents l'ont marqué. Il me tend une serviette et j'essuie ma main, mes yeux sont rivés sur la trace de morsure que j'ai laissée dans son dos.

– Je suis désolée, je chuchote.

– Ne le sois pas. Ne t'excuse jamais d'avoir été noyée dans la passion. Je porterai la trace de tes dents avec fierté.

Il remonte son jean. Il me serre dans ses bras et je m'accroche à lui, encore tremblante, lorsqu'une vague d'émotions s'abat sur moi et que les larmes coulent sur mes joues. Alec me console comme il le fait toujours, en me caressant le dos, en chuchotant des mots en français et en anglais, me disant à quel point je suis belle. Me disant que je suis la lumière. L'amour.

Plus tard, je pose de nouveau devant lui. Il est trois heures du matin, et je m'en contrefiche. J'ai joui trois fois ce soir et rien ne pourrait gâcher ma bonne humeur.

– Tends la main, comme si tu voulais cacher ton sexe, dit Alec. Couvre tes seins avec ton bras et penche la tête en arrière. Ferme les yeux et ouvre la bouche.

Je suis ses instructions à la lettre.

Alec prend les photos et je souris. Il reprend une photo, et j'ouvre les yeux pour le regarder. Mon Frenchie. Il est superbe derrière son appareil photo, torse nu, le jean ouvert, m'offrant un aperçu de sa virilité. Je ferme de nouveau les yeux et je couvre mes seins et mon sexe.

Click.

– Tu as fini ?

– Maintenant, oui, dit-il en dégainant son sourire le plus sexy.

Il vient vers moi et me soulève comme une princesse.

– Tu sais, ma cheville va beaucoup mieux.

– Mais je préfère te porter.

Il m'emmène chez lui, où il me dépose dans son lit avant de se nicher derrière moi, un bras sur ma taille, me serrant contre lui.

– Ce soir, *ma jolie**, c'était plus fort que tout ce que j'ai connu auparavant. Être avec toi est comme… c'est un endroit spécial dans ce monde. Je ne connaîtrai plus jamais ça. Je veux que tu saches que j'apprécie tout ce que tu me donnes.

J'ai beau être sur le point de m'endormir, je roule sur le dos et je l'attire à moi. Je ne pourrai jamais remercier Alec pour ce qu'il m'a offert, il m'a fait découvrir que je ne suis pas seulement Mia la sœur, la fille, l'amie. Je suis une femme avec des sentiments, des désirs et des aspirations. Je ne suis pas seulement une petite fille de dix ans abandonnée par sa mère.

Je dois faire ce job pour sauver mon père, une fois de plus. C'est un moyen de parvenir à une fin. Néanmoins, je vais tâcher de m'amuser.

Blottie contre lui, sa tête sur mes seins, je passe mes doigts dans les longs cheveux d'Alec. Il grogne lentement, et je sens peu à peu son poids reposer sur ma poitrine. Pour la première fois depuis que nous nous sommes rencontrés, Alec s'endort dans mes bras.

* * * *

Aujourd'hui, Alec me surprend en me servant un petit déjeuner au lit. Apparemment, le shooting d'hier lui a plu. J'ai hâte de voir les photos, mais je l'encourage à les regarder seul afin d'éviter que je lui saute dessus de nouveau. Il me promet que nous nous amuserons plus tard, mais, comme d'habitude, *il y a beaucoup à faire.* Cependant, ça ne l'empêche pas de me réveiller en m'offrant un orgasme, sa tête entre mes jambes, ayant compris que c'est tout ce dont j'ai besoin pour lui obéir.

Dans l'atelier, il me demande de me dévêtir entièrement et de me placer à côté du tableau d'Aiden qu'il a peint hier. Je suis appuyée contre le mur et il lève mon coude en plongeant ma main dans mes cheveux, de sorte à ce que si j'étais allongée, j'aurais l'air de branler le modèle. Alec prend une tonne de photos, et j'ai fini pour la journée.

Le lendemain, je suis de nouveau assise sur ma chaise et mes lèvres sont peintes. La peinture qu'il a finie hier soir est dans le même thème que les autres, mais elle est plus simple. C'est une sérigraphie de mon bras et de ma main couvrant le sexe d'Aiden. Il me demande d'embrasser la photo sur ma main. C'est intéressant, même si je ne comprends pas bien la signification.

– Tu comprendras, Mia. Je te le promets, affirme-t-il sans m'en dire davantage.

Le lendemain, lorsque j'arrive à l'atelier, je découvre une peinture d'Alec et moi en train de faire l'amour. Elle est accrochée à côté de celle d'Aiden, mais les deux sont séparés par une nouvelle sérigraphie. Une photo que je ne pensais pas voir et dont je ne soupçonnais pas l'existence.

Elle a été prise lorsqu'Alec a fini le shooting d'Aiden et moi, l'autre soir, mais nos parties intimes sont couvertes et nous regardons dans des directions opposées. On m'y voit assise, les genoux ramenés sous le menton, et Aiden me tend la main. Si la photo n'était pas si honnête, je l'aurais détestée.

– Qu'est-ce qu'elle fait là, cette photo ? je demande.

– Tu sais bien, Mia. Regarde les trois toiles comme un seul tableau et tu comprendras.

Je regarde la première image, dans laquelle Aiden se masturbe, et où ma main essaie de le cacher sans y parvenir. J'étudie ensuite la photo où il essaie de me toucher et où je suis affreusement gênée. Je termine avec la photo d'Alec et moi. Ma jambe est sur la sienne, et on ne voit pas qu'il me pénètre. J'ai mon bras sur lui, couvrant mes seins, et nos regards sont voilés par le plaisir que nous procurent nos orgasmes simultanés.

Lorsque je regarde les trois ensemble, je vois une histoire. Un homme se masturbe, un homme qui est censé me protéger mais qui n'y parvient pas. Son amour est à sens unique, comme on le voit dans la deuxième image. Ensuite, je trouve l'amour dans les bras d'un autre.

– Tu le vois maintenant ? chuchote Alec tandis que son bras m'entoure par-derrière pour m'attirer contre lui.

– Oui, je réponds en hochant la tête. C'est comme si c'était brisé.

– L'amour est brisé ?

Je hoche la tête, ne trouvant pas quoi dire.

– Alors, c'est ainsi que nous l'appellerons. Le triptyque se nommera « Amour brisé ».

Bien évidemment : Amour brisé, c'est tout ce que j'ai connu dans ma vie, et que je connais toujours. Ça tombe sous le sens.

CHAPITRE 8

Mon séjour avec Alec prendra fin dans huit jours, et je ne suis toujours pas sortie de l'immeuble. Je n'ai rien vu de Seattle et même si le soleil brille aujourd'hui, je doute qu'Alec veuille aller se promener. Il a passé les derniers jours à ajouter des touches à chacun de ses tableaux et il m'a expliqué qu'il va continuer à les peaufiner jusqu'au vernissage qui aura lieu la semaine prochaine. Le lendemain, je quitterai Alec et je rentrerai à la maison avant de partir à la rencontre de mon prochain client.

À la maison. Hélas, je ne parle pas de mon petit studio à Los Angeles, car cette fois-ci, je vais à Las

Vegas. Non seulement il est temps que je voie mon père mais Blaine m'oblige à lui verser le second paiement en mains propres, ça fait partie du deal. Quel enfoiré ! Si seulement j'avais su quelle mauvaise idée c'était de le fréquenter... Or, je m'empêtre toujours dans des situations impossibles avec les hommes. Au moins, maintenant, je suis payée et je peux partir à la fin du mois sans heurts, ça fait partie du job.

Cependant, je ne peux pas considérer Wes et Alec comme des boulots. Ce sont des mecs bien à qui je tiens énormément, des hommes avec qui n'importe quelle femme adorerait sortir, mais pas moi, c'est impossible. Cela dit, même dans d'autres circonstances, je ne pense pas qu'une histoire avec Alec durerait longtemps. Je ne dis pas que je ne l'apprécie pas, simplement je ne me vois pas construire une relation avec lui. Il a besoin de moi pour son travail et j'ai besoin de lui pour l'argent, ce qui ne nous a pas empêchés de créer un lien qui repose sur notre attirance mutuelle et une forte amitié. Wes, en revanche... c'est une autre histoire. Wes est le genre de mec dont on devient folle et dont on parle sans cesse à ses amies, qu'on rêve d'épouser. Ce n'est pas un coureur de jupons, même s'il a essayé de jouer ce rôle au début, jusqu'à ce qu'il me demande de rester.

Wes m'a demandé de rester. Avec lui. Pour lui. Pour qu'on forme un couple.

Je soupire longuement en observant la pièce et en regardant par la fenêtre, il fait tellement beau. Il faut qu'Alec me sorte d'ici, point à la ligne. Ça fait plus de deux semaines que je suis enfermée dans cet immeuble, et j'ai atteint ma limite.

Je me dirige vers l'ascenseur lorsque mon téléphone sonne.

– Allô ? je réponds sans regarder l'écran.

– Bien le bonjour, ma poupée. Comment va ma petite travailleuse préférée ?

– Salut, Tante Millie, je réponds en m'asseyant sur un fauteuil près de la porte.

– Qu'est-ce que j'ai dit au sujet de m'appeler Millie ? C'est Miss Milan, chérie, me rappelle-t-elle.

– Je ne t'appellerai jamais comme ça, tu sais. Tu as changé mes couches et tu me connais mieux que ma propre mère, ton horrible sœur. Je t'appellerai toujours Millie, Tatie.

– Argh. Ne me rappelle pas à quel point je suis vieille, tu vas me faire complexer. D'ailleurs, tu me fais penser que...

Elle marque une pause durant laquelle je l'entends noter quelque chose sur un bout de papier.

– …il faut que j'appelle mon chirurgien pour rafraîchir mon Botox.

– Beurk, c'est moche, Tante Millie. Ne te mets pas ces trucs dans la peau. Tu pourrais rester bloquée comme ça, tu sais.

– C'est bien ce que j'espère, ma chérie ! répond-elle d'une voix joyeuse. Bref ! Je t'appelle à propos de Monsieur Mars. Tu vas à Chicago !

– Chicago.

Je n'y suis jamais allée, ça peut être sympa. De toute façon, je n'avais jamais quitté le Nevada et la Californie jusqu'à il y a deux semaines.

– Comment s'appelle le petit veinard ? je demande, moqueuse.

– Anthony Fasano, un grand restaurateur. Il détient la plus grande chaîne de restaurants italiens du pays. Tu connais *Fasano's* ?

– Waouh, bien sûr ! J'y ai mangé un million de fois ! Gin et moi adorons y aller, c'est le meilleur resto italien de Vegas !

– Ouais, eh bien, Anthony Fasano a hérité des mille deux cents restaurants de la chaîne quand son père est décédé l'an dernier. Apparemment, sa famille est déterminée à lui trouver une femme pour qu'il ait un héritier, parce que c'est le seul fils dans une famille de cinq enfants. Tu vas jouer le rôle de sa fiancée longue distance qui habite sur la côte Ouest. L'idée, c'est qu'il te fait venir pour rencontrer la famille et qu'ils lui fichent la paix.

– Waouh, tu crois pas qu'on dirait un scénario de Jerry Springer[3] ?

– Écoute Mia, tout ce qui compte, c'est qu'il paie pour louer ton joli petit cul. Le reste est sans importance. Que tu ailles à des cocktails mondains, que tu joues le rôle d'une muse ou que tu fasses semblant d'être la fiancée de quelqu'un... on s'en fiche. Fais ton boulot. D'ailleurs, c'est encore un beau spécimen, tu pourrais retoucher un bonus de vingt pour cent. À ce propos, j'ai vu que tu avais reçu les vingt mille dollars de Monsieur Channing et que Monsieur Dubois t'a également fait le versement hier. Tu as l'air de bien t'amuser ma poupée.

– Pardon, qu'est-ce que tu viens de dire ?

– C'est sans compter la fortune que tu...

– Attends, Wes et Alec m'ont payée pour... du sexe ?

Je ferme les yeux alors que mon cœur cesse de battre.

– C'est quoi, cette merde ? je chuchote, les larmes aux yeux.

---

3. Talkshow américain à la *C'est mon choix* dans lequel les deux parties opposées sont invitées à se confronter durant l'émission, qui finit souvent par des insultes et des bagarres.

– Chérie, ils sont censés te payer. Je suis surprise que tu ne l'aies pas remarqué avant. Monsieur Channing m'a demandé ton relevé d'identité bancaire et il a transféré l'argent avant-même que tu quittes Malibu. Monsieur Dubois a fait faire le transfert par un de ses employés, hier. Où est le problème ?

Je secoue la tête et je ferme les poings, luttant contre l'envie de frapper le mur le plus proche tandis qu'une vague de colère noire déferle dans mes veines.

– Faut que j'y aille. Envoie-moi les infos pour le prochain client.

Je lui raccroche au nez, puis j'envoie un message.

Je laisse mon téléphone sonner deux ou trois fois, le temps de laisser ma colère monter.

– Salut, dit la voix de Wes. Je pensais justement à toi...

– Ne te fatigue pas. Tu joues à quoi ? je crache d'une voix furieuse.

– Attends, ralentis, Mia. Qu'est-ce qui se passe ? demande-t-il d'une voix faussement inquiète.

Je sais maintenant que tout entre nous n'a été qu'un mensonge.

– L'argent, Wes ! Comment tu as pu faire ça ?

– Tu ne l'as pas reçu ? Oh mon Dieu, est-ce que ton père va bien ? Où es-tu, je paierai tout ce que tu veux. Dis-moi que tu vas bien, Mia ! crie-t-il à l'autre bout du fil.

– Mon père va très bien, enfin, il est toujours dans le coma. Je ne parle pas de l'argent que je dois aux requins, Wes. Je te demande comment tu as pu me payer parce qu'on a couché ensemble. C'était que de la baise, pour toi ?

– Il n'a jamais été question d'argent, Mia, et tu le sais très bien ! répond-il d'une voix rauque et tremblante.

– Alors pourquoi ? Pourquoi tu me traites comme une prostituée ? je demande alors que les larmes ruissellent sur mes joues.

– Non ! Bon sang, non ! Ne dis pas ça, Mia, ce n'était pas comme ça.

– Ah non ? Alors, pourquoi il y a vingt mille dollars sur mon compte en banque ? Millie me l'a dit !

– C'est qui, Millie ?

– Ma tante. Miss Milan, c'est pour elle que je travaille, *Escorts Exquises*, ça te dit quelque chose ?

– Tu travailles pour ta tante ?

Je réprime un grognement de frustration.

– Ne change pas de sujet, Wes ! Je pensais qu'il y avait quelque chose de spécial entre nous. C'est pour ça que je ne t'ai pas parlé des vingt pour cent supplémentaires. Je ne te les aurais jamais fait payer, je ne suis pas une call-girl ! J'ai couché avec toi parce que je le voulais, pas parce que tu me payais !

– Mia, ma chérie, écoute-moi. C'est dans mon contrat... Et puis, de toute façon, je voulais te donner cet argent. Tu ne m'as pas laissé rembourser les usuriers de ton père, alors la moindre des choses que je pouvais faire, c'était t'aider à payer la dette plus vite. Je suis désolé, je n'ai jamais voulu te faire de mal, dit-il en soupirant. Putain, Mia, je suis désolé. Il faut que tu me croies, je n'ai jamais pensé ça de toi ! Je tiens à toi. Énormément... chuchote-t-il. Tu me manques. Beaucoup trop. Je... Dis-moi ce que je peux faire pour arranger les choses.

J'inspire lentement en regardant les arbres verdoyants par la fenêtre après toutes ces journées de pluie.

– Ça m'a blessée, Wes. Mais...

– Mais quoi ? demande-t-il d'une voix désespérée.

Je ferme les yeux et je ravale le nœud qui s'est logé dans ma gorge.

– Je comprends pourquoi tu l'as fait. Je vais te le renvoyer.

– Non, ma chérie, non. S'il te plaît, garde-le pour te sortir plus vite de ce pétrin. C'est égoïste, je sais, mais... peut-être que ça te ramènera à L.A. plus vite, ou que ça aidera ta sœur avec la fac. Mia, je veux juste t'aider. Laisse-moi faire ça pour toi.

– Wes...

– S'il te plaît, Mia.

– D'accord.

– Merci, murmure Wes à voix basse. Est-ce que tout est arrangé entre nous ? Est-ce qu'on est toujours...

– Amis ? je termine.

Il rit doucement, et je réalise que c'est le plus beau son que j'ai entendu depuis trois semaines.

– Oui, amis, répète-t-il.

– Oui, on l'est toujours, Wes. Faut que j'y aille.

– Ton client ? demande-t-il d'une voix distante.

Je hoche la tête, même s'il ne peut pas me voir.

– Tu me manques aussi, tu sais, je dis.

– C'est vrai ?

– Oui. Tout va bien, Wes. On se parle bientôt ?

– Tu sais où je suis, ma belle. Tu as la clé.

– Au revoir, Wes.

Je raccroche avant d'entendre sa réponse car j'aurais trop envie de tout laisser tomber pour courir à lui et le réconforter. Je me sens soulagée de savoir qu'il m'a versé cet argent pour m'aider, il ne s'est simplement pas rendu compte de la façon dont j'allais l'interpréter.

Je ne suis la pute de personne, et à présent il est temps de l'expliquer à Alec.

* * * *

– *Ma jolie** ! Je suis prêt. On doit faire les photos pour « Amour égoïste », dit Alec dès que je passe les portes de l'atelier. Déshabille-toi, nous n'avons pas de temps à perdre, ajoute-t-il en me guidant vers un matelas recouvert d'un drap blanc.

Je n'ai pas le temps d'exprimer ma colère, car il enlève lui-même mon t-shirt avant de commencer à défaire ma braguette.

– Alec, stop ! Il faut que je te parle.

– *Non**. Enlève tes vêtements, mais garde ta lingerie, dit-il en allant vers l'échelle.

Ses mouvements sont brusques et ça m'énerve encore plus. Il est de nouveau perdu dans sa bulle de création et je crois qu'il n'entend pas ce que je dis.

– Alec, il faut que je te parle, je retente alors qu'un de ses assistants essaie de m'aider à enlever mon jean.

Je fais finalement ce qu'ils veulent et, une fois que je suis en soutif et en culotte, l'assistant m'aide à prendre la position. Je laisse la coiffeuse d'Alec me décoiffer, mais lorsqu'un autre assistant vient vers moi avec le pot de peinture, je décide que c'en est assez.

– Non ! je crie en le repoussant de la main. Alec, je t'ai dit que je devais te parler. À propos de l'argent qui est apparu sur mon compte hier.

Je serre les dents en attendant qu'il me regarde, mais il continue à trifouiller son appareil photo et à donner des ordres à ses assistants.

– *Oui**, je l'ai fait faire hier, répond-il enfin en regardant à travers l'objectif de son appareil.

– Pourquoi ?

– Mets ta main dans ta culotte, ferme les yeux, et fais comme si tu te donnais du plaisir.

– Je te demande pardon ?

Alec soupire et je vois sa mâchoire se contracter.

– Concentre-toi, Mia. Il y a beaucoup à...

– Beaucoup à faire, ouais, je sais, je grogne. Ce n'est pas la première fois que j'entends ça.

Il lève la tête et nos regards se croisent, mais il a l'air aussi agacé que moi.

– Dans ce cas, tu sais aussi que je suis à court de temps. Le vernissage est dans une semaine et j'ai encore deux tableaux à faire. Celui-ci, et un autre que je dois encore visualiser. Alors, quel est le problème ? J'ai envoyé l'argent, tu l'as reçu, *oui** ?

– Oui, Alec, mais...

Je regarde autour de nous. Il y a une dizaine de personnes qui sont là pour assister Alec, ce qui est inhabituel car d'habitude, lorsque je dois être à moitié à poil, Alec fait en sorte qu'on ne soit que tous les deux.

– Je veux te parler seule à seul.

– Nous parlerons une fois que ces photos seront finies, rétorque-t-il sèchement.

Je soupire, résignée, et je hoche la tête, décidée à lui obéir. Le problème, c'est que les photos ne lui plaisent pas, ce qui le rend difficilement supportable. Au bout d'un moment, il renvoie ses assistants chez eux.

– Ça aura été une perte de temps, dit-il d'une voix pleine d'amertume.

Il passe sa main dans ses cheveux pour défaire l'élastique qui les retient, puis il fait les cent pas et se met à marmonner en français.

– Tu t'attendais à quoi, Alec ? Tu veux que je me doigte dans une pièce remplie de gens que je ne connais pas, alors que je suis énervée contre toi ?

Il cesse de faire les cent pas et lève brusquement la tête en posant ses mains sur ses hanches.

– Et pourquoi es-tu en colère, Mia ? demande-t-il d'une voix grinçante, m'agaçant juste assez pour faire renaître la colère que j'avais réussi à réprimer durant les deux dernières heures.

– Tu m'as payée pour avoir couché avec toi, c'est ça le problème.

Il respire lentement, comme pour se calmer.

– Et ça ne te plaît pas, apparemment. Tu peux me dire pourquoi ?

– Parce que je ne suis pas ta pute ! C'est la deuxième fois de la journée qu'un homme me traite comme une prostituée. Je n'ai pas couché avec toi pour l'argent ! Bon sang, pourquoi les hommes sont-ils aussi bêtes ?

Je hurle si fort que l'écho de ma voix résonne aux quatre coins du loft.

– On a couché ensemble, Mia. Ton contrat stipule que tu dois recevoir un bonus de vingt pour cent si tu te déshabilles et/ou si tu couches avec moi.

Je me lève en grognant et je marche vers lui d'un pas rapide.

– Je croyais que tu me faisais l'amour ? je lui crache au visage.

– C'est le cas. Hélas, aux yeux de la loi, c'est la même chose.

– Aux yeux de la loi, le fait que tu me payes est de la prostitution, Alec !

– Alors, fais-le enlever de ton contrat ! De toute manière, tu t'es déshabillée très souvent pour mon art, donc je te dois ce bonus, rien que pour ça. Qu'est-ce que j'étais censé faire, hein, *chérie** ?

Merde. Ce n'est pas de sa faute. Il n'a rien fait de mal ; il ne fait que respecter les règles du contrat. C'est officiel, je suis une imbécile.

Alec pourrait me réprimander ou enfoncer le clou, mais au lieu de cela, il me serre contre lui pendant que je m'apitoie sur mon sort. Ce ne sont pas les hommes qui me voient comme une pute, c'est moi.

– Je suis désolée.

– Chut, ce n'est rien. Je comprends que ce soit difficile pour toi.

Enveloppée dans la chaleur de ses bras, je tente de me raisonner. Je réaffirme dans ma tête que je me connais, que je sais ce que je suis et ce que je ne suis pas. Aucune somme d'argent, aucun malentendu et pas même *Millie* ne peuvent changer ça. Je suis beaucoup de choses : la fille de quelqu'un, une sœur, une amie, une actrice en herbe. Je suis la muse de cet homme, certes, mais je ne suis pas une pute. Une salope, peut-être, mais pas une prostituée.

À l'aise avec ce que j'ai établi dans ma tête, j'embrasse Alec avec toute ma gratitude. Ensuite, je reprends place sur le matelas et j'écarte les jambes. Je le toise du regard en plongeant ma main dans mon soutif, et ses yeux s'embrasent tandis que mon autre main caresse mon corps, descendant lentement vers mon nombril. Alec se dépêche de remonter sur son échelle pour prendre son appareil photo.

– Montre-moi combien tu peux être égoïste avec ton corps, *ma jolie**.

Une fois de plus, je prends plaisir à lui obéir, fermant les yeux, jouant avec mon corps comme si mes mains étaient les siennes. Chacun de mes soupirs est le sien, chaque gémissement sort de sa bouche. Grâce à mon imagination et mon désir pour lui, je ne manque pas de lui donner le cliché parfait qu'il espérait tant.

CHAPITRE 9

Alec et moi sortons de l'immeuble main dans la main. Le soleil est resplendissant, le vent fait voler mes cheveux et le monde entier me tend les bras. Bonjour, monde extérieur, tu m'as manqué.

– Tu te rends compte que c'est la première fois qu'on sort de chez toi depuis que je suis arrivée ? Et je pars dans trois jours.

Alec lève ma main pour l'embrasser.

– Je ne l'avais pas réalisé, non. Je suis désolé, *ma jolie**, j'ai été un hôte terrible.

Je ris et je balance nos mains d'avant en arrière tandis que nous marchons.

– Il y avait...

– Beaucoup à faire, nous disons en même temps avant d'éclater de rire.

– Je suis vraiment désolé, *chérie**. Lorsque je suis concentré, ma vie n'est plus que travail, nourriture, sexe et sommeil.

– Sachant que tu as négligé le dernier.

Et c'est vrai, ce type dort encore moins que la plupart des insomniaques.

– Alors, où va-t-on ? je demande.

Ses cheveux sont attachés en chignon, et dans la lumière du soleil, ils sont vraiment flamboyants. Il est vêtu d'un t-shirt blanc à manches longues et d'un jean bleu marine et il porte son appareil photo en bandoulière. Alec Dubois est délicieux : viril, sexy, élégant. Et c'est moi la veinarde qui ai son attention pendant encore trois jours.

– Qu'est-ce que tu veux faire ?

Je regarde autour de moi et je réponds comme n'importe quelle touriste.

– J'aimerais aller à la *Space Needle*[4], bien sûr.

– Ça tombe bien, répond-il en souriant, car nous allons y dîner ce soir. D'ici-là, que dirais-tu d'une surprise ?

– Ok !

---

4. Aiguille de l'espace : tour futuriste construite à Seattle pour l'Exposition universelle de 1962. Elle ressemble à une soucoupe volante avec une grande aiguille en son sommet.

Alec hèle un taxi et donne des instructions au chauffeur que je ne peux pas comprendre, ne connaissant rien de la ville. Je regarde joyeusement les passants vaquer à leurs occupations jusqu'à ce que nous arrivions à notre destination. Alec paie le chauffeur, sort du véhicule et me tend la main. Je sors derrière lui et reste immobile face à la grille.

– Tu m'emmènes au zoo ? je demande en souriant jusqu'aux oreilles.

– Pourquoi pas ? Je n'y suis jamais allé, et ça fait des années que j'habite ici.

– Non, c'est une super-idée ! je dis en lui prenant la main. Allons voir les animaux.

Je ne dis pas à Alec que je ne suis jamais allée dans un zoo. Ici ou ailleurs. Ça ne fait pas partie des attractions de Las Vegas et une fois que ma mère est partie, mon père a cessé toutes les sorties en famille, quelles qu'elles soient.

Je découvre donc, à l'âge de vingt-cinq ans, que j'adore les zoos.

– Alors, pour l'instant, quel est ton animal préféré ? demande Alec en passant son bras autour de mes épaules.

– Il y en a tellement... je réponds en secouant la tête. Mais je crois que ce sont les ocelots.

– Les gros chats ?

– Oui, la vie que mènent les femelles me parle. Elles sont solitaires, elles s'accouplent quand elles en ont besoin, elles s'occupent de leurs petits en leur apprenant à chasser, puis elles les libèrent et elles retrouvent leur indépendance.

Alec fonce les sourcils.

– Et elles sont magnifiques et plutôt sexy, pour des chats. Si je devais être un animal, je choisirais celui-là. Et toi ?

Il reste silencieux et je prie pour qu'il ne pose pas de questions à propos de ma réponse. Ce n'est pas le moment d'ouvrir d'anciennes blessures, au contraire, c'est plutôt le moment de faire de nouvelles expériences et de créer de nouveaux souvenirs.

– Si je devais en choisir un, je dirais le renard polaire.

Je trouve son choix étrange, car je l'aurais plutôt vu dire une gazelle, ou quelque chose d'exotique.

– Pourquoi ?

– Parce qu'ils choisissent un seul partenaire avec qui ils restent toute leur vie. J'ai toujours envié les gens qui pouvaient faire ça. Je viens de découvrir qu'une créature aussi magnifique que le renard le fait et... ça me donne de l'espoir.

– Oh, mon Frenchie. Tu es un vrai Bisounours, sous tous ces muscles, n'est-ce pas ? je demande en l'embrassant.

Il passe ses bras autour de moi tandis que je l'embrasse langoureusement.

Click.

Je tourne la tête et je remarque qu'il vient de prendre une photo de nous en train de nous embrasser.

– Tu viens de faire un *selfie* ? Toi, un artiste ? Je suis choquée !

– Par quel autre moyen veux-tu que je capture ce baiser pour m'en souvenir jusqu'à la fin de mes jours ? répond-il en souriant.

– Sers-toi de ton cerveau, je réponds en tapotant sa tempe. Tout sera dans tes souvenirs, non ?

– Certes, mais maintenant, je l'ai aussi en photo.

Nous passons le reste de la journée à admirer les animaux. Je comprends maintenant pourquoi les gens aiment tant y aller. Il y a des familles et des enfants partout, et soudain, Maddy me manque. Est-elle déjà allée au zoo ? Je me fais la promesse de l'y emmener un jour. Il y a beaucoup de choses que Maddy et moi n'avons pas faites lorsque nous étions petites, et je fais le serment d'y remédier dès que mon père sera en sécurité et qu'il sera sorti du coma. Peut-être même qu'il voudra venir avec nous. J'en doute, mais ce n'est pas impossible.

* * * *

Le taxi nous dépose au pied de la *Space Needle* en début de soirée. Nous nous arrêtons d'abord à la plate-forme d'observation qui offre une vue à trois cent soixante degrés sur la ville. Nous trouvons une petite avancée d'où nous pouvons admirer le coucher du soleil, et j'appuie mes mains sur la rambarde. Mon regard se perd bientôt au loin, mais une rafale de cliquetis me sort de ma rêverie.

– Qu'est-ce que tu fais ? je demande à Alec en souriant.

Il vient vers moi, passe ses mains dans mes cheveux et m'embrasse tendrement. C'est un baiser dont je me souviendrai longtemps, lent, doux, et si chaud qu'une vague de chaleur embrase mes veines.

– Tu es trop précieuse. Trop belle, dit-il en appuyant son front sur le mien. Trop pour qu'un homme te garde pour lui seul. Celui qui obtiendra ton amour... pour toujours... sera un homme très chanceux, dit-il en plongeant son regard dans le mien.

– Alec... je chuchote en appuyant ma tête sur son torse.

– *Ma jolie**, ma vie va être vide sans toi, dit-il en me serrant si fort que j'ai du mal à respirer.

Cependant, ça ne me dérange pas. J'ai encore deux jours avec lui, mais c'est de ce moment que je me souviendrai toute ma vie. Le moment où j'ai réalisé qu'il existe différentes formes d'amour et que j'ai le droit d'aimer ceux à qui je me donne, même s'ils ne le méritent pas. Alec le mérite, et ce lien que nous avons tissé existera toujours entre nous.

Nous avons créé de l'art ensemble et nous avons fait l'amour, à notre façon. C'est ce qui comptera lorsque je regarderai en arrière et que je repenserai aux décisions que j'ai prises. Mon séjour avec Alec a été spécial et je comprends peu à peu que chacun de mes clients m'apprendra quelque chose sur moi et sur la vie.

– Viens, allons dîner pour qu'on puisse rentrer. C'est toi que je veux manger au dessert, dit-il en jouant des sourcils.

La nourriture du Skycity Restaurant est divine. Je commande un suprême de poulet à la mozzarella di bufala fumée et un bread pudding[5] qui sont tout simplement délicieux. De son côté, Alec déguste un faux-filet accompagné d'une fondue au bacon qui est succulente. Nous nous faisons goûter nos plats en partageant un peu de nos vies avant notre rencontre pour « Amour sur toile ». Alec est surpris d'apprendre que j'ai grandi dans le désert, mais il ne me demande pas pourquoi je

5. Plat à base de pain, de lait et d'œuf, qui peut être sucré ou salé.

suis devenue escort, je lui en suis reconnaissante. Il se concentre surtout sur ma pseudo-carrière d'actrice et mon goût prononcé pour les motos. De mon côté, j'apprends qu'il est venu vivre aux États-Unis à vingt ans et qu'il rentre en France après chacun de ses vernissages. D'ailleurs, il y partira quelques jours après mon arrivée chez mon prochain client.

J'apprends à connaître Alec autrement que sur le plan physique, et cela me plaît. Je me vois rester amie avec lui après mon départ, même si je sais que nous ne serons jamais aussi proches que Wes et moi. Mon beau surfer est tout simplement hors catégorie.

* * * *

Aujourd'hui est le grand jour. Le vernissage de l'exposition « Amour sur toile », par Alec Dubois. Un des assistants m'a expliqué que son atelier allait être complètement transformé pour accueillir le public, et j'angoisse un peu à l'idée de ce que vont penser les gens de ces tableaux, surtout parce que je suis présente dans tous. En tout, il y a sept toiles, mais je n'en connais que six. Alec m'a dit qu'il voulait que la dernière soit une surprise, c'est celle qui l'a occupé durant ces deux derniers jours.

D'ailleurs, c'est une bonne chose, car cette courte séparation nous a quelque peu préparés pour mon départ. Demain matin, je m'envole pour Vegas, et il se pourrait que je ne voie plus jamais Alec.

Millie m'a envoyé mes billets pour Las Vegas, où Gin et Maddy viendront me chercher pour m'emmener voir mon père, puis je reprendrai l'avion pour Chicago, où Anthony Fasano m'accueillera en personne.

Il est dix-huit heures, et il est grand temps que je me prépare pour ce soir. Je fouille dans ma valise à la recherche de la seule robe que j'ai apportée. Heureusement, ayant grandi à Las Vegas, je sais qu'il faut toujours avoir une petite robe noire sur soi qui ne se froisse pas et qui peut survivre une semaine au fond de son sac à main. Toutefois, il va falloir que j'assume d'aller au vernissage pieds nus, en claquettes ou en cuissardes... Je suis en train d'étudier les choix limités qui s'offrent à moi lorsqu'une boîte blanche, rectangulaire avec un nœud rouge, atterrit sur le lit à côté de moi.

– C'est pour toi, dit la voix d'Alec.

Je me tourne et je reste bouche bée. Mon artiste est prêt pour sa soirée, vêtu tout de noir, son costume, sa chemise, sa cravate en satin. Il est tout simplement canon. Des pulsations naissent immédiatement dans mon sexe et la tension devient électrique lorsque je laisse ma serviette tomber par terre.

– *Jésus Marie Joseph**, murmure Alec, m'excitant encore plus, comme chaque fois qu'il parle français.

Je me mords la lèvre et je vacille légèrement en le regardant venir vers moi. L'instant d'après, sa bouche s'empare de la mienne et il me plaque contre le mur. Ses mains empoignent mes fesses et me soulèvent, nichant son érection entre mes jambes lorsque je les passe autour de sa taille.

– On n'a pas le temps de faire ça maintenant, je dis sans vraiment y croire.

Je mordille son cou et je plante mes talons dans le creux de ses reins pour me coller à lui. Il grogne en plongeant sa langue dans ma bouche, et nous devenons silencieux, perdus dans ce baiser langoureux et affamé.

– Mais si, murmure-t-il dans le creux de mon cou. On va se dépêcher.

Je suce le carré de peau derrière son oreille qui l'excite tant, et il défait sa ceinture. Il met ensuite sa main dans la poche de son pantalon, sort un préservatif et, quelques secondes plus tard, son gland est à l'entrée de mon sexe.

– Putain, ne t'arrête pas maintenant, Alec, je t'en supplie.

Je sais qu'il aime que je l'implore. Il remonte son sexe sur mon clitoris et il le masse en dessinant des cercles avec son bassin. Ses mains agrippent mes fesses puis, sans prévenir, il s'enfouit en moi.

– Mon Dieu ! je crie alors que sa verge m'emplit complètement, me coupant presque le souffle. C'est tellement bon. C'est toujours tellement bon avec toi, je chuchote.

Il gémit dans mon cou, avance brusquement le bassin pour me plaquer contre le mur, puis il ramène ses mains sur mes seins. Il titille chaque téton en poursuivant ses allers-retours, m'approchant de plus en plus du nirvana que je désire tant.

– Je vais jouir.

Alec sourit, puis il baisse la tête et prend mon téton dans sa bouche.

C'est tout ce qu'il me faut pour chavirer. Mon orgasme déferle en moi et je me mets à trembler furieusement.

– N'oublie jamais comment tu te sens en cet instant, *ma jolie. Je t'aime**, dit Alec avant de m'embrasser de nouveau.

Ma chatte se resserre sur sa verge, le faisant grimper aux rideaux à son tour.

Lorsque nous avons fini, il s'assied sur le lit sans se retirer, et nous restons ainsi un moment, le temps que nos souffles se calment.

– On va être en retard à ton propre vernissage, je dis en riant.

– Mais on aura une bonne excuse, dit-il en me faisant un clin d'œil. Ça, c'est pour toi. Pour ce soir, ajoute-t-il en désignant la boîte.

Excitée comme une puce, je me lève et je vais de l'autre côté du lit pour ouvrir mon cadeau. J'y découvre une robe de soirée couleur champagne, couverte de minuscules cristaux qui brillent dans la lumière. Le décolleté drapé met merveilleusement en valeur ma poitrine sans la révéler totalement, et la robe tombe juste au-dessus du genou. Elle me va comme un gant. En même temps, Alec a eu largement le temps de mémoriser la forme de mon corps... Il me tend une autre boîte pendant que j'ajuste la robe – des escarpins Gucci, dorés, avec des talons de dix centimètres. Ils sont parfaits.

– Je n'ai jamais rencontré une femme qui n'aimait pas les chaussures.

– On aime toutes les talons qui disent *baise-moi*, surtout quand elles sont aussi belles que celles-ci. C'est dans nos gènes. On est nées comme ça, je dis en haussant les épaules.

Alec ajuste son costume pendant que je finis de me préparer, puis il me guide au dixième étage. La fête bat déjà son plein lorsque nous arrivons, et nous avons à peine passé la porte que des flashs illuminent la pièce de leur lumière blanche et que des applaudissements retentissent à travers le loft. Une petite femme blonde en tailleur blanc prend le bras d'Alec pour l'emmener parler aux journalistes. Je ne l'ai pas vue depuis mes premiers jours ici, mais à l'évidence, elle n'a pas l'intention de le laisser s'échapper. Il me regarde par-dessus son épaule en fronçant les sourcils, mais je le rassure en lui envoyant un baiser et en souriant.

Un serveur m'offre une coupe de champagne rosé, que j'accepte volontiers, et je me dirige vers le premier tableau qui, bien évidemment, me représente. Cependant, Alec y a ajouté beaucoup de profondeur depuis la première fois que je l'ai vu, à tel point que j'ai désormais l'impression de pouvoir tendre la main pour saisir la larme qui coule sur ma joue.

« Pas d'amour pour moi », indique la vignette sous le tableau.

Cinq mètres plus loin, la même image montre un double de moi de dos, en train de toucher le cœur de l'original. Le titre, « S'aimer soi-même », me fait l'effet d'une flèche tirée en plein cœur, réveillant des émotions que je n'ai pas suffisamment bien enfouies.

Je me dépêche de passer à la suivante, le triptyque qui semble attirer le plus de monde. Au-dessus, sous la lumière, une vignette explique l'œuvre au public : « Amour brisé ». Cependant, je remarque que chaque tableau a son propre titre. Le premier, où ma main couvre l'érection d'Aiden, se nomme « Amour interdit ». Le suivant, montrant le moment où Aiden me tend la main et où je détourne la tête, s'intitule « L'amour fait mal ». Le dernier, devant lequel la foule est rassemblée, s'appelle « Notre amour ». On y voit Alec et moi, perdus dans les méandres de la passion. C'est clairement l'œuvre la plus marquante des trois. C'est notre amour, en effet : à Alec et à moi. Beau, passionné, sauvage. Un amour pur, qu'Alec a parfaitement retranscrit sur la toile.

J'avance encore et j'observe les gens qui découvrent les toiles. Je n'entends pas une seule exclamation outrée et je ne vois pas la moindre grimace. Le public semble accepter la vision de l'artiste.

Plus loin, je me retrouve de nouveau excitée, déterminée à sauter sur Alec dès que je le verrai de nouveau. « Amour égoïste » me montre en train de me masturber devant l'objectif, mais il y a une puissance et une innocence dans mon regard à laquelle je ne m'attendais pas, étant donné le sujet de l'œuvre.

Je sens Alec passer son bras autour de moi pendant que je regarde le tableau.

– Tu aimes ?

– Oui, mais j'ai préféré le faire, je susurre.

– Ah, je vois. Peut-être pourrons-nous renouveler l'expérience plus tard ? Laisse-moi te montrer le dernier. C'est la meilleure photo que j'ai prise de toute ma vie.

Ce n'est pas peu dire, car Alec Dubois est un artiste et un photographe véritablement brillant. Ses tableaux sont partout, que ce soit dans les musées ou sur les t-shirts des boutiques les plus branchées. Il me mène au dernier tableau qui est recouvert d'un drap blanc.

J'attends sans bouger tandis que la foule s'attroupe autour de nous, afin de découvrir la pièce maîtresse de l'exposition.

– Ce portrait sera vendu deux fois le prix demandé. Et la moitié de la somme te reviendra, *ma jolie**.

Je suis choquée et je secoue la tête plusieurs fois, mais il se contente de sourire et de faire glisser le drap.

C'est en effet un portrait de moi, seulement c'est la vraie moi. La vraie Mia. Je suis debout sur la plate-forme d'observation de la *Space Needle*, le regard perdu dans l'horizon. Mes cheveux volent au vent comme un drapeau, et j'ai l'air heureuse : sereine, sur un nuage, envoûtée par la beauté de la vue. J'ai l'air parfaitement libre, je ne suis pas coincée dans un boulot que je ne veux pas mais auquel je m'habitue, je ne sauve pas mon père et je ne suis pas une actrice en herbe qui galère à trouver du boulot à L.A. C'est une beauté brute, à l'état pur. Pour la première fois de toute ma vie, je me trouve belle, et c'est Alec qui m'offre cette vision.

J'ai les larmes aux yeux en regardant l'instant qu'il a capturé. Une bouffée de chaleur envahit mon corps et ma vue se rétrécit, comme si tout était sombre autour de moi, la seule source de lumière provenant du portrait. Je baisse légèrement les yeux et je découvre le titre. Les larmes se mettent alors à couler sur mes joues, tombant dans mon décolleté et sur le béton sous mes pieds.

Je plonge mon regard dans celui d'Alec, qui semble aussi ému que moi.

Sous la plus belle photo de moi que j'aie jamais vue, la vignette dit tout ce qu'il y a à dire.

« Adieu, amour ».

CHAPITRE 10

Hier soir était une soirée de rêve. Je me suis sentie comme Cendrillon au bal du roi. Après que le public a découvert la dernière photo, il a compris qui j'étais et les médias ont voulu m'interviewer et faire des photos d'Alec et moi. C'était très amusant. Bien sûr, les coupes de champagne que j'ai bues tout au long de la soirée m'ont aidée à me détendre face à autant d'attention. À la fin de la soirée, tous les tableaux étaient vendus. Alec m'a expliqué qu'avant de prendre place chez les acquéreurs, ils seront exposés dans différentes galeries du pays pendant six mois afin que tout le monde puisse les voir. C'est sa passion, et il souhaite la partager avec autant de gens que possible.

Le ciel est encore noir, mais le soleil ne devrait pas tarder à se lever. J'ai fait mes valises hier, avant de me préparer pour le vernissage, j'ai caché mon sac dans un coin de l'appartement d'Alec. Mon vol décolle tôt, et j'aimerais partir sans me faire remarquer, comme avec Wes, je ne supporte pas l'idée de faire des adieux. Je mate une dernière fois mon beau Frenchie, son magnifique visage et son corps d'athlète.

Il a bu bien plus de champagne que moi, hier soir, mais ça ne l'a pas empêché de me faire l'amour comme un dieu en rentrant, s'endormant sur moi sans s'être retiré. C'était une partie de jambes en l'air complètement folle et pleine d'émotions qui symbolisait parfaitement tout le mois que nous avons passé ensemble. Je préfère que ce soit notre dernier souvenir ensemble.

Je sors du lit sans faire de bruit, sans oublier de lui voler son t-shirt. Je ne vois pas pour quelle raison je n'aurais pas le droit de garder un souvenir de lui, et il porte son parfum divin.

Je file me doucher avant d'aller dans la cuisine pour laisser un mot à Alec, comme je l'ai fait avec Wes. Il est cinq heures du matin et j'ai vingt minutes avant que mon taxi n'arrive pour m'emmener à l'aéroport.

Alec, mon cher Frenchie,

Je suis désolée de partir ainsi, mais je préfère que ton dernier souvenir, ce soit nous en train de faire l'amour. Car c'est bien ce que c'était – un acte d'amour. J'aurais dû te le dire hier, et je ne sais pas pourquoi je ne l'ai pas fait, mais c'est vrai, tu sais. Je t'aime, Alec. À ma façon. C'est un amour d'amis, d'amants, de deux personnes qui étaient destinées à s'aimer durant le peu de temps qu'elles avaient ensemble.

Je n'oublierai jamais mon séjour avec toi, car tu m'as appris qu'il y a différents types d'amour. Ta perspective est spéciale, et elle restera avec moi toute ma vie. À travers ton art, j'ai découvert une relation basée sur l'honnêteté la plus complète. Tu m'as toujours dit la vérité, et je t'en suis reconnaissante.

Cette expérience, d'avoir été ta muse... je ne pensais pas que ça me transformerait autant, mais j'avais tort, car j'ai énormément changé, pour le mieux.

Merci, Alec, de m'avoir montré que je peux aimer, que je peux me donner librement et accepter ce qu'on m'offre, même si ce n'est que pour une courte durée.

Je t'aime. Au revoir.*

Mia

J'embrasse la lettre à côté de mon prénom et je la laisse à côté de la cafetière, puis je me force à aller doucement dans sa chambre pour le regarder une dernière fois. J'appuie sur le bouton de l'ascenseur, puis je monte dans le taxi qui m'attend.

****

Il y a tant de monde à l'aéroport que le temps que je passe la sécurité, je dois courir à ma porte d'embarquement pour ne pas manquer mon vol. Je m'assieds à ma place, essoufflée, lorsque mon téléphone vibre dans la poche avant de mon sac. J'y plonge la main et je sens une enveloppe. Je m'occupe d'abord du message et mon cœur bat la chamade en craignant que ce soit Alec.

De : Ginelle Harper
À : Mia Saunders
J'ai hâte de voir ta sale tronche ! Ha ! Mads me gronde de t'avoir traitée de moche. Désolée, ma salope ;)

Je ris et je mets mon téléphone en mode avion, puis je sors l'enveloppe de mon sac. Mon nom est écrit dessus dans une belle écriture italique, seulement ce n'est pas mon nom, mais *Ma Jolie**. Bon sang, il me manque déjà.

Je secoue la tête et je mets de côté mes émotions pour éviter le déluge de larmes. J'ouvre l'enveloppe et j'en sors une carte de vœux qui est une réplique d'un paysage français qu'Alec a peint il y a quelques années. C'est un peu mégalo, mais c'est aussi attendrissant que drôle.

J'ouvre la carte et des photos tombent sur mes cuisses. Ce sont ses tableaux, mais il y aussi le selfie qu'il a pris au zoo et dont je me suis moquée. On m'y voit en train de tenir son visage et de l'embrasser langoureusement. Des mèches de ses cheveux se sont échappées de son chignon et mes boucles volent dans la brise tandis que le soleil illumine nos visages. Je tiens la photo contre mon cœur et je laisse enfin les larmes couler. Mon Frenchie va me manquer, énormément.

La dernière photo est une copie de l'œuvre qu'il a si bien nommée « Adieu, amour ». C'est la fin parfaite pour un mois parfait. Il n'a rien écrit sur la carte, mais les photos disent tout ce qu'il y a à dire.

Comme Wes, je n'oublierai jamais le temps que j'ai passé auprès d'Alec. Je chérirai à jamais les souvenirs de cette vie dans laquelle j'ai vécu et aimé librement.

Je parcours les mails de Tante Millie à propos de mon prochain client. Je clique sur la photo et… *waouh*, elle avait raison, c'est encore un beau gosse. Pas besoin de savoir qu'il est italien pour le deviner. Je ne sais pas d'où elle sort ces types. Anthony « Tony » Fasano a trente et un ans, et à en croire la photo, c'est un ancien boxeur. Vêtu d'un simple short, je vois que sa peau est hâlée, que ses cheveux sont aussi noirs que les miens et que ses yeux sont d'un bleu glacial. Il ne mesure qu'un mètre soixante-dix, mais il est bien assez beau et viril pour compenser sa petite taille, et il n'a pas un gramme de graisse sur lui, ce qui est étrange étant donné qu'il est à la tête d'une chaîne de restaurants italiens. Mais peut-être est-ce une vieille photo ? Millie ne sait pas pourquoi il a besoin de moi, mais c'est ainsi. Je vais donc faire semblant d'être sa fiancée – Dieu sait pourquoi un homme comme lui a besoin de payer une femme. Je suis sûre qu'il n'a qu'à claquer des doigts pour qu'une dizaine de filles plus jolies les unes que les autres se jettent à ses pieds. Peut-être est-ce pour les mêmes raisons que Wes, ou peut-être ne rencontre-t-il que des nanas sans lendemain, et pas de femme avec qui il veut s'engager ?

Bref, j'ai quelques jours à Las Vegas, puis je reprendrai l'avion pour rencontrer Anthony Fasano, de Chicago, dans l'Illinois.

À moi la ville des vents[6].

FIN

---

6. Surnom donné à la ville de Chicago.

RETROUVEZ MIA
TOUT AU LONG DE L'ANNÉE !

Calendar Girl janvier paru le 5-1-2017
Calendar Girl février paru le 2-2-2017
Calendar Girl mars à paraître le 2-3-2017
Calendar Girl avril à paraître le 6-4-2017
Calendar Girl mai à paraître le 4-5-2017
Calendar Girl juin à paraître le 1-6-2017
Calendar Girl juillet à paraître le 6-7-2017
Calendar Girl août à paraître le 6-8-2017
Calendar Girl septembre à paraître le 7-9-2017
Calendar Girl octobre à paraître le 5-10-2017
Calendar Girl novembre à paraître le 2-11-2017
Calendar Girl décembre à paraître le 7-12-2017

Suivez Mia tout au long de l'année sur Twitter
@MiaCalendarGirl

Suivez toute l'actualité de la série
sur Facebook et sur le site web
www.calendargirl-serie.com